Characters
登場人物紹介
スノーラ
レンと森の中で出会い、保護した白い虎の魔獣。レンとルリには振り回されっぱなし。
レン
気が付くと二歳児の姿で森の中にいた少年。慣れない幼児の体で、異世界生活楽しんでます。
ルリ
レンに助けられ、契約した小鳥。とても珍しい、綺麗な瑠璃色の体色をしている。

レオナルド・サザーランド
サザーランド家の次男。魔法よりも剣が好き。
エイデン・サザーランド
サザーランド家の長男。魔法を得意としている。
フィオーナ・サザーランド
ローレンスの妻。子供思いなのだが、時々暴走することも。
ローレンス・サザーランド
自身の治める街ルストルニアでレンを保護することになった侯爵。
バディー
ローレンスと契約する、ワイルドパンサーという魔獣。

プロローグ

「――え？　ここぢょこ？」

今僕、『え？　ここどこ？』って言ったと思うんだけど。もう一度言ってみよう。

「ここ、ぢょこ？」

……やっぱりちゃんと発音できてない。何で？　色々なことに不安になりながら、僕は周りを見渡しました。ここはどこなんだろう？

僕、長瀬蓮《ながせれん》は十四歳の中学生。親とは死別して、施設で暮らしている。

そしてついさっきまで、施設の僕の部屋にいたはず。いつもみたいに言われたことをやって、それがやっと終わったのが二十二時過ぎ。

もうこの時間だとちびっ子達が寝ているはずだから、静かに自分の部屋に戻って、それで宿題をやる前に一度ゆっくりしたくて、寝巻きにも着替えずにそのままベッドにダイブして……

それから何があったんだっけ？

……そうだ、ベッドに寝た瞬間、僕の周りを明るい光が包んだんだ。

明るいっていうか、目を開けていられないくらいの、凄《すご》く眩《まぶ》しい光。

だから僕は目を瞑《つむ》って両腕で隠して、光が消えるのを待ちました。

どのくらいそうしていたのか、目を瞑っていても眩しいくらいだった光が少し落ち着いてきて、そろそろ大丈夫かなぁって思った僕は、そっと目を開けます。

最初目を開けた時、目がしょぼしょぼして周りがよく分からなかったから、何度か瞬《まばた》きをして頭を振って……

体にちょっと違和感があったんだけど、やっと目が慣れてきて見えたものは、僕の部屋じゃありませんでした。

周りは木ばっかり、地面も草と花が生《お》い茂《しげ》っていて、森？　って感じの場所だったよ。

夜だったはずなのに、空を見上げたら明るくて、ちょっと目を細めて見ていたら、太陽？　それが二つ見えたから、思わず二度見しちゃったよね。

「え？　ここぢょこ？」

もう一度そう言いました。相変わらずちゃんと言えてなかったけど。

「にゃんでここにいるにょかにゃ？　……かにゃ？」

うん、しゃべることに関しては後で考えよう。他にも気になることがあるし。

僕はそっと自分の手を見てみます。その後は足。

怪我はしてないみたい……怪我はね。他に問題があるけど。

次は体かな。

僕は立ち上ろうとするけど、ふらついて、すぐに尻餅《しりもち》をついちゃいました。

もう一回挑戦して、次はなんとか立てたんだけど、体のバランスを取るのがとっても難しいです。

「かりゃだ、ちいちゃい……」

そう、手も足も体も、僕のものじゃないみたいだったんだ。

だって僕の体、中学生の体からとっても小さい子供——年齢で言うと二歳か三歳くらいになっていたんだよ。

まだバランスがうまく取れないので、すぐに僕はゆっくり座ります。

はぁ、それにしてもここはどこで、僕はどうして小さくなっているの？

もしかして、夢？

でも風も感じるし、草の感覚もある。感覚があるってことは夢じゃないよね。

まぁ、夢でも夢じゃなくても、僕はこれからどうしたらいいんだろう。

こんな森の中で小さな子供が一人。絶対にまずいよ。

それにこの森だって、僕の知っている、普通の森と同じとは限らない。

だって、太陽みたいなものが二つも見えたんだよ。もしかすると、本の中の架空《かくう》の世界、異世界に来たのかも。

本当これからどうしよう。

僕がそう考えている時でした。

風と、風が揺らす木や草や花の音以外の音が、急に聞こえてきました。

「ぴゅいぃいぃ～。ぴゅぴぴぃぃぃ～……」

鳥の声？　でも元気な声って感じじゃない、なんかとっても弱々しくて、またすぐに聞こえなくなるんじゃないかってくらい、とっても小さい鳴き声。

どうしよう。声の聞こえる方に行ってもいいんだけど……近寄って大丈夫なのかな？

もしこれが僕を誘《おび》き寄せる罠《わな》で、鳴き声は鳥だけど、全然違う生き物だったら？

考えている間にも、さらに弱くなっていく鳴き声。

「あ～、もう!!　まっちぇ、いまいくかりゃ！」

こんな弱々しい鳴き声、放っておけないよ！

僕は立ち上がって、鳴き声が聞こえる方へ歩き始めて……すぐに転んじゃった。

立つのはさっきよりも上手くいったんだけど、歩いたらふらふらしちゃって転んじゃったんだ。

「ぴゅいぃいぃ～……」

「まっちぇ!!」

よし、もう一回！

立ち上がってそっとそっと一歩ずつ確実に。

うん、ゆっくりならなんとか行けそう！　待っていてね、ゆっくりだけどすぐに行くからね。

なんとか歩いて、どんどん鳴き声のする場所に近づいて行きます。

どのくらい歩いたのか、背の高い草むらの向こう、その向こうから鳴き声は聞こえていました。

あと少し、転ばないように、っと。

そして草むらの前で止まると、今まで鳴いていた声が止まりました。

もしかして僕に気がついた？　そっちに行ってもいいってこと？

あ、でも小さな小鳥だといいんだけど、全然違う知らない生き物だったら嫌だな。

僕は小さく深呼吸をします。そして草むらの中に突撃しました。

僕の背よりも高い草に押し戻されそうになりながら、なんとか草むらを抜けて。その先は、そんなに広くはない花畑でした。

僕は花畑を見渡します。とりあえずは変な生き物はいないみたい。

と、その花畑の中心のところに、何かあるのに気がつきました。

僕は今までよりもそっと歩いて、それを確認しに行きます。

「こちょり!!」

そこには、とってもとっても小さい鳥が横たわっていました。

この出会いが、僕の新しい世界での生活の始まりだったんだ。

第1章　ここはどこ？

僕はそっとそっと、まぁ元々いつもみたいに歩けていないから、何もしなくてもそっとになるけど。それプラスよちよち歩きで、小鳥に近寄ります。

そしてある程度小鳥に近づいた時、小鳥が一瞬ビクッとしたのが分かって、僕は止まりました。

小鳥が首を上げるけど、無理しているのかプルプル震え、とっても苦しそうです。

言葉が通じるわけないけど、怖がらせないように、僕は小鳥に静かに話しかけました。

「だいじょぶ、こわくにゃい。しょっとちかぢゅく」

僕の言葉を理解したのかしていないのか、小鳥が首を下ろして、見つけた時みたいに、ぐったり横たわりました。

よし、今のうちに。そっと驚かさないように。

またよちよちと、ここまで近づけば大丈夫かな？　と思うところまで近づいたら、そっと座ります。

ふう、まずはどうしよう。病気で具合が悪いのか、それとも怪我をしているのか。怪我をしているなら確認しないといけないけど。でもその後は？　今の僕にできることがあればいいんだけどな。

「こんにちゃ、どうちたにょ？」

「ぴゅいぃぃ～、ぴゅい……」

う～ん、分からない。触っても大丈夫かな？

「しゃわってもい？」

「ぴゅい？　ぴゅいぃぃぃ……」

今のはどっち？　というか僕が話すとちゃんと返事してる？　もしかして言葉が分かってる？

……まさかね。でももしかしたら人に飼われている小鳥で、案外言葉を理解している？　ここに人がいるかは分かんないけど。

そんなことを考えていたら小鳥がぷるぷる震えたまま、ゆっくりと起き上がって座ってくれて、左の羽を持ち上げました。

見ると左の羽が全体的に黒くなっていて。もしかしてこの羽のせいで具合が悪いの？

僕はそっと小鳥に手を伸ばしました。また一瞬ビクッとする小鳥。でもすぐに左の羽を、もっとよく見えるように出してくれて。僕はこれ以上、小鳥の具合が悪くならないように、そっと羽を触ってみます。

「あちゅ！」

左の羽はとっても熱かったです。右の羽も触らせてもらったけど……うん、こっちの羽は熱くない。やっぱり左の黒い羽がおかしいんだ。

どうしよう。ちょっとした切り傷とかなら、なんとかできたかもしれないけど。

小鳥が羽を元に戻してまた横たわります。

うーん、中学生の体ならいざ知らず、今の僕じゃどうしようもない。いや、中学の僕でもダメそうだけど。小鳥をこのままにしといたら、絶対にダメなのだけは分かるよ。

そうだ、薬草とかないのかな？　葉っぱを食べればよくなるとか、ちょっとすり潰《つぶ》して飲むとか。それを探してくるくらいなら僕でもなんとかできるかも。

そんなことを考えていたら、また小鳥に変化が起きました。さっきよりも呼吸が荒くなったんだ。

「ぴゅいぃぃぃ……ぴゅい……」

ど、どうしよう。早くしないと!!　誰《だれ》かいない!?

僕はキョロキョロ周りを見るけど、やっぱり誰もいません。

「ぴゅい……」

わわ!?　今度は首がもっとガクンって。

もう！　どうして僕はいつも何もできないんだろう。お父さんやお母さんが死んじゃった時だってそう。僕はあの時、ただただ見ていることしかできなかったんだ。

また今度もそれと同じなの？　何もできないで、小鳥がいなくなるのを見ないといけないの？　誰でもいいよ、僕に力を貸して。お願い!!

そう思った瞬間でした。

——ブワンッ!!

いきなり僕の目の前に透明《とうめい》の板が現れて、その透明の板には、文字や記号みたいなものが書いてありました。

不思議なんだ。見たことがない文字なのに読めるの。

【名前】＊＊＊　　【種族】人間
【性別】男　　【年齢】二歳か三歳？
【称号】＊＊＊
【レベル】1
【体力】1
【魔力】＊＊＊
【能力】回復魔法初級ヒール　その他色々　まぁ大体使えるようになる予定、みたいな？
【スキル】＊＊＊
【加護】＊＊＊

何だろう、これ。本当に本の中の異世界みたい。

でも色々と……変だな。名前は記号だし、他もほとんど記号。

これたぶん、僕のことが書いてあるんだよね？　だとしたら僕が考えていた通りに、やっぱり年齢は二歳か三歳？

というか、年齢のところについている『?』って何？　しかもレベル1、体力1って。

僕、何かあったら一瞬で死んじゃうんじゃない？

それに能力のところ。『まぁ大体使えるようになる予定、みたいな？』って……はぁ、もうツッコミはいいや。

それよりも回復魔法のヒールって、あの漫画《まんが》とかで見るヒールかな？　ちょっとした怪我だったら治っちゃうやつ。

僕、それができるの？　もしかして、手をかざしてヒールって言えば、小鳥が元気になる？

でもただ言えばいいだけじゃなくて、何か道具がいるとか、杖《つえ》とか魔法陣を書くとか必要なのかな？　ああ、もう!!　分かんないことばっかりだよ!!

僕がわたわたしていたら、小鳥が今までで一番小さい声を出しました。慌てて小鳥を見たら、目を閉じるところでした。

わわ!?　ダメだよ、待って!!　もう、こうなったらやってみるしかないよね。

僕がハイハイで動き出したら、今まで僕の前に出ていた透明な画面がフッて消えたよ。

それでそのまま小鳥に近づいてからしっかり座って、気合を入れて叫《さけ》びました。

「ヒール!!」

その瞬間でした。

かざした手のひらのところがポワッと光って、それが勢いよく光り始めると、すぐにその光が小鳥と僕を包みました。

「にゅうぅぅぅ!!」

突然眩しくなったせいで、僕は思わず変な声を出しながら、慌てて目を閉じます。

あの時みたいな光。そう、僕がこの場所にいることに気がつく前の、あの強い光に似ています。

ただ、違うところもありました。

あの時は白色……ううん、眩しすぎてそう見えただけかもしれないけど、今度はちょっと違って、ほんの少しだけ緑に見えたような気がしました。綺麗《きれい》な淡《あわ》い緑色。

これってヒールが発動したってことかな？　使ったことがないから、これが魔法、というかヒールなのか分かりません。

でも本当に僕がヒールを使えていて、あの小鳥に効いてくれれば……

僕は手を引っ込めないで、その姿勢のまま、光が消えるのを待ちました。

どのくらい経ったか分からないけど、しばらくして、僕の体にちょっとした変化が起きました。

なんか体の中から、温かいものが抜けていく感覚がしたんだ。

それと同時に、目を瞑っていても眩しい光が、少しずつおさまってきて——

そして光が一気に弱くなって、僕がそっと目を開けると……今光っているのは、小鳥を包んでいる光と、僕の手から少しだけ溢《あふ》れるように出ている光だけになっていました。

それとここまで弱くなってようやく確信できたけど、やっぱり光は淡い緑色だったよ。

そしてその光は、最後にフッと全て消えました。

だけどまだ動かない小鳥。じっと小鳥を見つめる僕。

羽を確認したら、あれだけ黒かったのに、綺麗な青色になっていました。

治った？　う〜ん。小鳥が動かないから分からない。

僕はそっと小鳥の頭に手を伸ばしたけど、すぐにその手を止めました。

撫《な》でてあげようって思ったんだけど、知らない人間に触られたくないかなって思ったから。

でも心配だから、手を出したり引っ込めたり、何回も繰り返す僕。

……やっぱり心配だからちょっとだけ触らせてね、痛いことしないからね。

そっとそっと小鳥の頭を撫でてあげます。

うわあぁぁぁ！　とってもふわふわ！　こんなに気持ちいいふわふわを触ったの、初めてだよ！

と、いけない。喜んでいる場合じゃなかった。

「じょぶ？」

「…………」

「じょぶぅ？」

「…………」

小鳥は呼吸はしているけれど目を開けません。

もしかしてダメだった？　羽は元に戻ったけど間に合わなかった？

僕は撫でる手を止めずにそのまま声をかけ続けます。

「こちょりしゃん」

「…………」

「じょぶぅ？」

「…………」

「こちょりしゃん」

「…………ぴゅい」

鳴いた⁉　聞き間違いじゃない？

僕は大きな声で、さらに言葉をかけます。

でも次の瞬間、いきなり体全体から力が抜ける感じがして、僕はその場に倒れ込みました。

小鳥を撫でていた手はそのままで。小鳥の横に寝るような感じに倒れちゃったんだ。

小さい子供の手でも、小鳥には重いと思って、急いで手をどかそうとします。

でもそれすらできなくて、どんどん眠くなってきます。

僕、どうなっちゃうんだろう？

倒れて地面に触れて、しっかりそれを感じているから、やっぱり今は現実なんだ。

僕このまま寝て大丈夫かな？　絶対にまずいよね。

……でも次に気づいたら、元の僕の部屋のベッドの上だったりして。それならそれで、『夢だったんだ』で終わりなんだけど。

でもこの小鳥のことは心配だし、どうなるか最後までしっかり確認したかった。小鳥が元気になって、飛び立つところが見たかったな。きっと飛んでいる姿も可愛いんだろうなぁ。

そんなことを思っている間も、どんどん眠気は襲《おそ》ってきて、もう目を開けていられませんでした。

最後に小鳥を確認します。

どうしてこういう状況になったか分からないけど、もし体が元気になったなら、これからは気をつけて暮らすんだよ。家族がいるなら家族と仲良くね。

「やちゅみ、こちょりしゃん」

僕は小鳥におやすみって言ってから目を閉じました。

その瞬間、小鳥の目が開いたような気がしたけど……現実だったらいいなぁ。

◇　◇　◇

何だ今のは。いきなり力が爆発したような感覚がしたが。

まったく、ゆっくりしているところだというのに。

だが、調べないわけにもいかん。確認をして、もしこの森に危害を加えようとしている輩《やから》がいるのならば、さっさと消してしまおう。そしてまた昼寝に戻るとしよう。

我《われ》は立ち上がると、力が爆発した場所へと走り出した。

それにしても……あの力、負の気配はしなかった。それどころかとても温かったな。あのような力で、この森に危害を加えようとするだろうか？

それに力が爆発する前、ほぼ同じ場所で、何かが生まれたような、急に現れたような気配もあったのが気になる。

何かをするような動きはなかったため、様子を見ていたが、あの力の爆発と何か関係があるのか。

よし、ここだな。

……ん？　あれは？

◇　◇　◇

『本当にすまんことをしたのう』

『まったく、どうするんですか！　命が危なかったかもしれないんですよ‼　大体あなたのせいで、彼は本来いるべき場所から移動することになったんです。それに対してもきちんと責任を取るべきでしょう！』

『じゃから、たくさん加護を与えたではないか。他のことについても……』

『ですから、それも命があってこそ。一番大事な送る場所を間違えてるじゃないですか‼　しかも何ですか、あのステータスボードの表示は‼』

『そ、そんなに怒らんでくれ』

『怒らずにいられますか、あんな書き方をして‼　年齢が二歳か三歳？　どう考えても二歳でしょう！　それに「みたいな？」などと書かなくても、そういうものは非表示でいいのです！』

『いや、まぁ、その辺はなんとなく？』

『なんとなく？　はぁ、彼がいてくれたおかげでなんとかなりましたが……私達があの子にどれだけのことをしてあげられるか。あんなに小さな姿で転移させてしまって。そのうち体も心も、自然と溶け合っていくでしょうけど。私がしっかり見守らないと』

◇　◇　◇

『――そうか、すまなかった。すぐに気づいてやれなくて』

「ぴゅいぃぃぃ」

『大丈夫だ、我がしっかりと力を注いだ。そのうち起きるだろう』

「ぴゅい！　ぴゅいぃぃぃ！」

『お前の気持ちも理解した。しかしそれをこの子供も望むかは分からんぞ。一応聞いてみるが』

う～ん、何？　僕、寝ているんだから静かにしてよ。

……ん？　寝ている？　僕、何をしていたんだっけ？

確かいつも通り言われた仕事を終わらせて、それからベッドにダイブしたんだよね。

それでそのまま寝たんだっけ？　何かしていなかった？　何かしていたような気がするんだけど。

僕はしっかりしてきた頭で、目を開けずにそのまま考え始めました。

えーっと、確か見覚えのない場所で目が覚めて、小鳥を見つけて、治そうと思って……

それから？

「こちょりしゃん!!」

僕は目を開けて、小鳥のことを呼びました。

そう、急に眠くなって寝ちゃったんだよ。最後に小鳥が動いた気がしたんだけど、どうなった!?

『目が覚めたか？』

ん？　誰？　頭に声が響いてきたけど……

そう思いながら目線を横に向けます。

あの時のままなら、寝ている僕の前には小鳥がいるはずで、でもそこには小鳥はいませんでした。

代わりにいたのは、大きくて真っ白なトラっぽい生き物。

僕は急いで起き上がります。

その時に自分の体を見たけど、小さいままだったよ。残念。

と、今はそれどころじゃなくて。

どうして僕の前に小鳥じゃなくて、ツノの生えている白いトラみたいな生き物がいるの？　小鳥は無事⁉

キョロキョロしていると、トラっぽい生き物……もうトラでいいや、そのトラの後ろから、小鳥の声が聞こえました。

「ぴゅいっ‼」

「こちょりしゃん⁉」

「ぴゅいぃぃぃぃっ‼」

鳴き声と共に、トラの頭の後ろから何かが飛び出して、僕の胸にぶつかってきました。

それで小鳥はそのまま下に落ちそうになって、右の足が洋服に引っかかって止まっている状態に。

僕は急いでそれを、落ちないように受け止めます。

「ぴゅいぃ……」

『まったく、慌てて飛び出すからだ』

僕は受け止めたもの……小鳥を見つめ、小鳥も僕を見上げます。

その後すぐに、僕は小鳥を抱きしめました。

よかった！　元気になったんだね！　本当によかった‼

「ぴゅい、ぴゅい、ぴゅいぃぃぃ！」

「よかっちゃ、げんき!!」

「ぴゅいぃぃぃっ!!」

『おい、そろそろ我が話してもいいか？　お前の話もしなくてはいけないし。この子供にも話を聞かなければ』

僕はその頭に響く声に、バッと顔を上げます。

小鳥に会えて、元気になった姿を見てとっても嬉《うれ》しくて、すっかり忘れていました。僕の前にトラがいたことを。

小鳥は僕の腕の中から出てきて僕の頭の上に乗り、それでそのまま座ったみたい。

『忘れていた、という顔だな。お前の方も』

トラが僕の頭の上を見ます。

「ぴゅい……」

小鳥が小さな声で鳴きました。

なんだか、そんなことないよって、失敗失敗って言っている感じの鳴き声。可愛い。

『まったく。出会ったばかりだというのに、もう気が合っているというか何というか。それで、お前は何者だ？　ここの人間ではないな』

僕は……名前も覚えているし、ここに来るまでのことは覚えているから、長瀬蓮で合っているとは思うけど。でも明らかに体形が違うんだよなぁ。

それから、ここの人間じゃないって、それも分かっているつもり。だって、今目の前にいるこのトラさんみたいな動物、地球にはいないもん。

それに空を見上げれば、やっぱり太陽みたいなものが二つあるし。これが地球だったら大問題になっているよ。

黙って周りをキョロキョロしていたら、トラがハァってため息をつきました。

僕だって答えられるならそうしているよ。そんな面倒臭そうな顔しなくてもいいじゃないか。

小鳥がピュイピュイ鳴きながら、僕の頭の上から下りてきました。それで僕が両方の手のひらをくっ付けて前に出したら、その手の上に乗ってきてお座り。

うん、やっぱりこの子可愛い。

と、そんなことをしていたら、またトラさんの質問が。

『何も分からないのか？　何かあるだろう。名前は？』

う~ん。名前、そのまま蓮でいいのかな？

蓮って名前はお父さんとお母さんからの大切な贈り物だから、そのまま名乗りたいんだけど。でも、さっきの透明な画面には何も書いてなかったし。もしかすると、この体には別の名前があるのかも。

またまた黙っていたら、またまたトラさんのため息が。

僕はブスッとしてトラさんを見ます。そうしたら僕の顔を見た小鳥が、顔を膨《ふく》らませてブスッとした顔に。それで一緒にトラさんを見てくれたんだ。

小鳥は僕の味方。ありがとう‼　分からないものは分からないんだよ！

『お前達、会ったばかりなのだろう。なぜそんなに息が合っているのだ？　まぁ、我はお前がどうしてここにいるのか、なんとなく分かっているが。この感覚……』

「わかりゅ？」

どうしてここにいるか教えてほしい！

『お前は元々いた世界から、ここへ連れてこられたのだ』

それからトラさんが説明してくれたところによると、僕はある人達の手によって、地球からこの世界に送られてきたみたい。

とっても昔に、僕と同じような人が、やっぱりトラさんの前に現れて、その時に状況が似ているんだって。だからたぶんそうじゃないかって、それがトラさんの考え。

詳しい話については、その僕をここに連れてきた人達に、会いに行かないといけないの。それから連絡が来るかも？　って。

でも、分からないことだらけで困るんだけど。それに勝手に連れてきたんだったら、まずはそれを謝りに来ないといけないんじゃない？　そもそも、こんな森みたいな場所に、一人で置いていくなんて。しかも体は二歳か三歳になっているのに。

そんなことを悶々《もんもん》と考えている時でした。

いきなりトラさんの体が光り始めたから、僕も小鳥もビックリしちゃった。

でもトラさんは慌てていなくて、大丈夫みたい。それにしても何で光っているの？

『──おい、まさか我に任せるつもりじゃないだろうな？』

上を見て話を始めるトラさん。

誰と話しているの？

今度はトラさんが見ている方を一緒に見る僕達。

「ぴゅい？　ぴゅいい？」

「ねぇ。だりぇちょ、おはなちかにゃ？」

言葉は分からなくても、小鳥の言っていることとなんとなく分かります。

あれ？　そういえば……僕、何で普通にトラさんとお話ししているの？　おかしなことばかりで、色々気にならなくなってきた？

もっと明るく光り始めたトラさんを、目を細くして見守ります。

『我は前回ので充分だ。今度は別の奴に任せればいいだろう。大体こんな小さな子供の世話なんぞ……この前はもう少し大きかったから……っておい!!　待て!!』

そして光が消えると──

『はあぁぁぁ～、なぜ最初に接触してきたのが我なのだ』

今まで一番大きなため息をつくトラさん。

それからお腹を出してだらぁと寝転びました。さっきまでの凛《りん》とした姿じゃなくて、完璧《かんぺき》にやる気のない顔です。

「どちたの？」

『お前のお守《も》りをしてくれと頼まれた』

どういうこと？

それからもトラさんは色々ブツブツ言いながらゴロゴロしていたんだけど、小鳥が飛んでいって、トラさんの鼻の頭を思い切り突《つつ》きました。

僕が何回もどうしたのって聞いているのに、ずっとブツブツ言っていたから叱《しか》りに行ってくれたみたい。ありがとね。

『分かった、分かった。今話す』

ようやくお座りの格好に戻ったトラさん。小鳥も僕の手のひらに戻ってきます。

トラさんによると、僕をここに連れてきた人が、トラさんに僕のことを守ってほしいって、お願いしてきたみたいです。

誰も見えなかったのに？　確かにトラさんは話をしていたけど。

そう疑問に思っていたのが伝わったのか、感覚で話していたって教えてくれました。

う～ん。僕をここに連れてきた人、本当に一度、僕のところに来て説明してくれないかな？　何で先にトラさんとお話ししたの？

それに今のお話を聞いて、トラさんがブツブツ言うのも分かるよ。

僕を全然知らないトラさんに面倒を見ろって。普通だったら連れてきた人が責任を持って、何かするべきじゃない？

『まぁ、我の守ってきた森でお前に死なれてもな。仕方ないからお前の面倒を見てやる』

いいの？　嫌なら断った方がいいよ。僕はその連れてきた人になんとかしてもらうから。

……と言っても、どうやって連絡を取ればいいか分からないけど。

『それに、どうもお前からは不思議な力を感じるからな。前に来た者とは別の不思議な力だ。我は我の知らないことがあるのが嫌なのだ』

何のことか分からないけど、トラさんがそう言うならいいか。でもこれからどうするんだろう？

そう思っていると、突然トラさんが僕の洋服の襟《えり》のところを咥《くわ》えて、僕はぶらぶら。小鳥はトラさんの頭の方に移動します。

それでトラさんが、思い切りジャンプしたんだ。

一回でそこら辺の木よりも高く跳んだトラさん。いきなりでちょっとビックリしたけど、でもすぐにそんなことは気にならなくなりました。

いつの間にか空はオレンジ色になっていて、目の前にはとっても綺麗な夕焼けが。

こんなに綺麗な夕焼け、見たことがなくて、僕は思わず拍手しちゃいます。

と、今度は体がビュンと横に。木のてっぺんに着地したトラさんがまた動いて、一気に木を十本くらい跳び越えます。

空中を走っているみたいで、それにも僕は感動してまたまた拍手。

そんな移動をしていると、頭の上の方から小鳥の歌声が聞こえてきました。

あまりに楽しそうに歌っているから、僕もそれに合わせて鼻歌を歌います。

『呑気《のんき》だな。お前、少しも心配はないのか？』

心配？　心配だけど今の僕にできることなんて、そんなにないでしょう？　だったら僕はトラさんに付いていくよ。

そうだ。僕のこと守ってくれるんでしょう？　だったらどこに向かっているかは知らないけど、着いたらちゃんとお願いしなくちゃ。

面倒かけちゃうかもしれないけど、よろしくお願いしますって。挨拶《あいさつ》は大事だもんね。

「これからいっちょ」

『ん？　ああ、そうだな。これから一緒だな……やれやれ、我もとんだお人好しだな……よし、飛ばすぞ‼』

そうブツブツと呟《つぶや》いて、スピードを上げたトラさん。ジェットコースターみたいでとっても楽しい！

そして着いた場所は、大きな洞窟《どうくつ》の前でした。

僕を下ろしたトラさんは、僕と小鳥に待っていろと言って、さっさと洞窟の中に入って行き……でもすぐに戻ってきました。

『中に入っていいぞ。とりあえず魔法で中は明るくした』

魔法で明るく？　そんな魔法もあるんだね。

洞窟の中に入ったら、トラさんの言った通りとっても明るくて、洞窟の中じゃないみたいでした。

そしてどんどん奥へ進んでいくと、広い場所に出ます。

『もっと奥にも行けるが、今日はここまでだ。色々準備があるからな……さて、我は外へ行って必要なものを集めてくる。お前達は外に出ず、ここで静かに待っているのだぞ』

「あい!!」

「ぴゅいぃぃぃ!!」

そうしてトラさんがいなくなってからすぐ、小鳥が付いてきて、と言うように僕の洋服を引っ張ってきました。

付いていったら、木の葉が溜《た》まっている場所があって、そこに飛んで行ってちょこんと座る小鳥。

そうだね。ゴワゴワの岩場に座るより、木の葉の上の方がいいよね。

僕は小鳥の隣に座りました。うん、ふかふか。お尻痛くないよ。

「こちょりしゃん、にゃまえは？」

「ぴゅい？　ぴゅいぃぃぃ！」

う～ん、喜んでいるとか、怒っているとか、そういうのは分かったけど、流石《さすが》に細かい言葉までは分からないや。

トラさんが帰ってきたら聞いてみようかな？　小鳥の名前知っているかな？　というかトラさんの名前も知らないや。

そもそも、僕の名前の問題もある。あの透明な板に書かれていることが本当なら、今の僕は名前がないってことで。

でも、もし自分で名前を考えていいなら、僕はやっぱり蓮がいいな。お父さんとお母さんに貰《もら》った、僕の大切な名前。

うん！　僕は蓮だよ!!

『帰ったぞ。静かに待っていたか？　色々持ってきたから、後で出そう』

トラさんはすぐに帰ってきました。

僕と小鳥は葉っぱの上で立ち上がって、トラさんが何をするのか見ます。

『まずは寝る場所だが、我がいつも使っている隣でいいな』

僕達の隣まで歩いてきたトラさん。

すると急にトラさんの頭の上でヒュルヒュルと風の音がして、薄《うす》い白色の丸ができました。

それから丸の中に、何かが出てきてクルクル回ってるのが見えました。

次の瞬間、ふさぁぁぁ、って風が吹いたみたいに僕達の毛が揺れて、丸の中から木の葉がヒラヒラたくさん出てきたんだ。

それが僕達が座っていた隣の地面に積もって、木の葉の山ができました。

その木の葉の山を、トラさんがしっぽで平らにして、もう一つの木の葉の布団になります。

『ふむ。ベッドはこれでいいな。次はご飯を食べる場所だが。こちらでいいだろう』

そう言って、今度は反対の方に歩いて行くトラさん。それに僕達も続きます。

小鳥は僕の頭の上に乗ったり肩に乗ったり。そしてトラさんと僕が止まると、手のひらに乗ってきました。

『ご飯を食べる時も、地面に座るだけではお尻が痛いだろう』

そう言いながら、またトラさんの体の上に丸ができて、そこから木の葉が出てきました。今度はさっきよりも量が少なかったです。

うん、あっちが布団なら、こっちは座布団って感じかな。

でも今度は木の葉だけじゃありません。

また体の上に丸ができたんだけど、今度はその中から、木の実や果物みたいなものが出てきて、その山ができたの。

これがご飯？　いっぱい持って帰ってきてくれたんだね。ありがとうトラさん!!

『あとはこちらに置くか』

さらに隣を見るトラさん。

今度は何を出してくれるのかワクワクして待ちます。

そして出てきたものにビックリ。地面に置かれた時、ドスン、ドスンって凄い音がしたから。

出てきたのは、大きなクマみたいな生き物と、イノシシみたいな生き物。それから鹿みたいな生き物に、豚人間みたいな生き物……もしかしてあれって、オークとかいうやつ？

それからも色々生き物を出してくるトラさん。みんな地球の生き物と似ていて、でもどことなく違うんだよね。小さいウサギやリス、ネズミみたいな生き物も出てきたけど、羽が生えていたり、ツノが生えていたり、爪《つめ》が長かったり……

生き物を出し終わったのか、トラさんが次の場所へ歩いて行きます。

そして次に出したのは、僕がすっぽり入っちゃうくらい大きな入れ物でした。それから小さな入れ物も。

今度は体の上に水色の丸がヒュルヒュル。そこから大小それぞれの入れ物に向かって、液体が出てきます。

小鳥は小さい入れ物の端っこに乗って、その液体で体をバシャバシャ。それからブルブル。

僕も小さい方の入れ物に手を入れてみます。おおおっ、冷たくて気持ちいい!!

『こっちの小さい方の水はちょっとした時に使え。こっちの大きい方が飲み水用だ。いいか？』

そうトラさんが言った瞬間でした。

ヒュルヒュル、今度はトラさんの体を何かが包んで、それが消えたら——そこにはトラさんじゃなくて、若い背の高い男の人が立っていました。

僕はビックリして尻餅ついちゃったよ。

「ん？　いやすまんすまん。驚かせたか？　我は人間の姿に変わることができるのだ。お前にはこちらの姿で説明した方がいいと思ってな」

そう言うと、木の実の山の方に歩いて行くトラお兄さん。

ちょっと大きな木の実を半分に割って、中の果肉の部分を素早く食べると、その殻《から》を持ってきました。

「これがあれば、こうして水が飲めるだろう。我が出かけている時に水が飲みたくなったら、これで飲むといい。我は洞窟を留守にすることも多いからな……まぁその辺は後で説明するが。お前がどのくらい理解できるかどうか」

そんなことまで考えてくれたんだ。ありがとう!!

「さて、最後はトイレのことだが。こっちだ」

僕達はもう少しだけ洞窟の奥に行きます。奥と言っても、ちょっと顔を出せば、布団のある場所が見えるところだけどね。

そこにトラお兄さんがまた、大きな入れ物を置きました。

「外でできる時はさっさと外ですればいいし、我がいる時はすぐに浄化して綺麗にしてしまえばいいが。我がいない時はこれにしろ。後で片付ける」

もしかしてこれ便器の代わり？　この世界に便器があるか分からないけど。うん、これもありがとう！

というかトラお兄さん、何でこんなにすんなり準備できるの？

う～ん、聞きたいことがいっぱいだ。

ここのこと、トラお兄さんのこと、それからさっきからトラお兄さんが出してる、ヒュルヒュルってもののこと。

あれはたぶん魔法だと思うんだけど……ちゃんと僕、聞けるかな？

何せ、うまく言葉が話せないんだよね。慣れてくれば、もう少し上手に話せるようになると思うんだけど。

「よし、戻るぞ。まずはご飯だ、その後話をするとしよう。お前は木の実や果物でいいな。人間も肉を食べるが、焼いたり煮《に》たりする必要があるのだろう。まぁ我はそのまま食べるが……あいつはそうしていたからな」

うん、トラさんはそのままだよね、今はトラお兄さんだけど。

僕は木の実と果物で大丈夫。トラお兄さんがしっかり用意してくれたご飯だからね。僕だけだったら、絶対ご飯なんか食べられなかったよ。

それにしても、あいつって誰かな？

ちょっぴり気になりつつ、僕は木の葉座布団に座ります。

それから隣には小鳥が座って、トラお兄さんが木の実と果物の山から色々持ってきて、僕の前に置いてくれました。もし足りなかったらまた取ってくれるって。

でも、トラお兄さんは僕の前にだけ置いたんだけど……小鳥の分は？

そう疑問に思っていると、また向こうに歩いて行くトラお兄さん。

それで魔獣の山から、小さなネズミと大きなイノシシ魔獣を肩にぶら下げて戻ってきます。

と、小鳥の前にネズミを置いて、イノシシ魔獣は自分の木の葉座布団の前に置いて座りました。

「よしよし、食べるぞ！」

「ぴゅいぃぃぃぃ!!」

小鳥が元気よく返事をして、ネズミを突き始めました。それでひと口食べて嬉しそうにまた鳴いて。僕はそれをぼけっと見つめます。

小鳥、肉食だったの!?　そっかぁ。僕、小鳥は木の実を食べるんだって、勝手に思い込んでいたよ。

「どうした？　食べないのか？」

トラお兄さんに言われ、僕はハッとして木の実に手を伸ばしました。ビックリして見つめちゃってたよ。僕も早く食べなくちゃ。

でもこの木の実、そのまま食べていいのかな？　それとも皮を剥《む》く？　木の実を持ったのはいいけど、食べ方が分かりません。

僕がチラチラとトラお兄さんを見ていたら、気づいたトラお兄さんが「ああ」って言って、何個かの木の実と果物の皮を剥いてくれました。

「こっちのは、そのまま食べられるからな」

僕は剥いてもらった木の実を口に入れます。

美味《おい》しい!! 味は桃みたいで、とっても甘くて汁がじゅわわって。

すぐに他のも食べてみます。他のもとっても美味しかったよ。りんご味やブドウ味、みかん味もあったし、柿《かき》みたいな味のものも。本当に美味しかった〜。

そして食べすぎちゃった僕は、その場にごろんと寝転がります。その隣で、小鳥もごろん。二人でお腹を出してごろんです。

でもそんな僕達に、「手と顔を洗え」ってトラお兄さんが言ってきました。

そう、僕はやっぱり小さいからか、今までみたいに上手に食べることができなくて、顔中ベタベタ、手もベタベタに。そしてそれは洋服も一緒です。

小鳥もまぁね。魔獣に顔を突っ込んでいたから、血で顔中ベトベト。ついでに体もベトベト。

そうそう、あれからネズミを二回もおかわりしたんだよ。全部で三匹。僕の手に乗るくらい小さいのに、どこにそんなに入るんだろうね。

ともかく、手を洗わないといけないんだけど……う〜ん。お腹いっぱいで動きたくない。

僕と小鳥は二人で顔を見合わせながら、またごろごろを始めます。

それを見て、また「手を洗ってこい」って言うトラお兄さん。二人でトラお兄さんを見て、ぶすっとした顔をします。

「本当にお前達は出会ったばかりなのか。気が合いすぎであろう。手と顔だけは洗え。体や服は我が浄化してやる。綺麗にしてやるということだ」

綺麗に？　なら手や顔も一緒にできないの？

「あいつが言っていた。子供ができた時にな。何でも自分達がやってしまうと、子供が育たないと」

また『あいつ』。本当に誰だろう？

でもトラお兄さんも、そのあいつって人に、色々教わったんだね。うん。何でもやってもらうのはダメ。ちゃんと自分でできることは自分で。

僕は頷《うなず》いてよいしょって立ち上がりました。それを見てやっぱりよいしょって立ち上がる小鳥。

小さな入れ物の方に二人並んで、僕は手をバシャバシャ。小鳥は顔を突っ込んでバシャバシャ。

その後お水を替えてもらって、僕も顔をバシャバシャ。

う〜ん、上手く洗えない。これで大丈夫かな？

「よし、風で乾かそう」

目を開けられないでいた僕の周りに、急に風が吹いて、手も顔も乾きました。

「このまま体も綺麗にするぞ」

そうトラお兄さんが言うと、トラお兄さんの顔の前にキラキラしたものが現れて、僕達の体を包みます。そしてそれが消えると、僕の洋服と、小鳥の体のベトベトが消えていました。

「ゴロゴロしてていいぞ」

そう言われて、僕達はすぐに木の葉ベッドに向かいました。

木の葉ベッドでゴロゴロする僕達。トラお兄さんは戻って、またご飯を食べ始めます。トラお兄さんは元々大きなトラだから、いっぱいご飯食べないとね。

後でご飯が終わったら、ちゃんと名前を聞かなくちゃ。それに僕の名前も伝えよう。

そうだ、あの透明な画面、どうやったら名前のところが蓮ってなるかな……ってその前に、あの透明の画面の出し方が分からないんだけど。思い浮かべれば出る？

僕はさっそく、透明な板を思い浮かべてみました。

でも何の変化もありません。

あの時はどうして出たんだろう。トラお兄さんは知っているかな？　とか色々考えて、ゴロゴロしながら、トラお兄さんのご飯が終わるのを待ちます。

だけどね……僕、眠くなってきちゃったよ。

だって全然ご飯が終わらないんだもん。あっちの魔獣を食べ終わったらこっちの魔獣、それが終わったらまたまた別の魔獣。その間に果物も木の実も。

「ねむちゃいねぇ」

「ぴゅいぃいぃい……」

たぶん小鳥、今のは眠いねぇって言ったよね。

まだまだトラお兄さんのご飯は終わりそうにないし。

う〜ん、目が勝手に閉じてきちゃう。今日はもう寝て、明日お話ししない？

◇　◇　◇

子供と小鳥はさっさと食事を終えて、我、スノーラが用意した木の葉でゴロゴロし始めた。

我はそのまま食事を進める。久しぶりに動いたせいか、今日はやたらとお腹が空いたな、などと思いながら。

それにしても、これからどうするか。

まずはもう一度、子供の名前を確認しよう。もしないようであれば我が考えてもいいし、あの子供が何か好きな名前があるのならそれでいい。

そして我の名前を教え、小鳥には名前がないことも教えなければ。まぁ、小鳥について詳しくは、色々な確認が終わってからか。

それが終わったら子供の能力を再度確認だ。

我の目で見えるものもあるが、見えぬものもある。確認するにはあれが一番手っ取り早い。

人間達がよく使うステータスボードだ。あれには色々と載《の》っているからな。

ただ、回復魔法は確実に持っているだろう。小鳥を無意識とはいえ治したのだから。

そして奴らが接触してきた時の口ぶりだと、おそらく契約の力も持っているはずだ。

と、なればだ。子供にその気があれば小鳥と契約ができる。小鳥は契約する気満々だからな。

そう。我が最初に子供を見つけた時、小鳥は子供の側にいたのだが、我の姿を見た途端、子供を助けろと慌てて飛んできた。

小鳥の必死な様子に、どうしてこういう状況になったのか詳しい話を聞かずに、子供を助けることにしたのだ。

この小鳥がこれほど必死なのだ。もし子供を助けたとしても、森に害をおよぼすようなことはないだろう。

子供の様子を見れば、ただ魔力が枯渇《こかつ》しているだけのようだった。

そこですぐに我は自分の魔力を子供に分けてやり、小鳥と一緒に子供が目を覚ますのを待つことに。その間に小鳥に何があったのか話を聞いた。

そして我は少なからずショックを受けた。

まさかこの森を守る者として、小鳥の危機に気づかなかったとは。そしてこんなに小さい子供に、代わりに助けられるとは。

どうやら小鳥は何かの罠にかかったらしい。

いつも休憩《きゅうけい》している花畑へ行ったのだが、到着した途端、見たことがない魔法陣が現れ、そこから出てきた魔力に呪《のろ》いをかけられそうになったと。なんとか逃げようとしたのだが、魔力は片方の羽に当たってしまったそうだ。

その羽は動かせなくなり、もうダメだと思った時に、突然子供が目の前に現れたそうだ。

しかも驚くべきことに、その子供が現れた途端、呪いの力が弱まったらしい。

それでももはや限界だと思っていたら、子供がヒールの魔法をかけてくれて、小鳥は感謝しながら目を閉じ――そして目を覚ますと、目の前にはぐったりとした子供がいたんだと。

助けてもらった、でも今度はこの子が危ない、と慌てているところに、我が現れたらしい。

そこで我は不思議に思った。

確かにヒールは怪我を治すが、呪いを消したりできたか？　と。

我ならば魔法を使って呪いを消すことができるが、確か人間は、魔力を帯びている石だとか、特別な薬草だとかが必要だったはず。それについても後で確認しなければ。

問題は他にもある。

そう、小鳥に呪いをかけた魔法陣だ。

呪いも魔法陣も、人間や獣人がよく使うもので、珍《めずら》しいものではない。

しかし森を守る我に気づかれずに仕掛けたとなると話は別だ。

それに、小鳥がいることが分かって仕掛けられたものなのか、あるいは設置されていた罠に、たまたまあの小鳥がかかっただけなのか……

実はこの小鳥は、かなり珍しい鳥だ。

色は瑠璃《るり》色なのだが。こういった色の鳥は何十年に一羽、生まれてくることがあるくらいで、その珍しさからか、側にいるだけで幸運が訪れるとも言われている。

他にも、この色の鳥は成長すると他の魔獣よりも魔力が強くなり、どんな魔法をも使いこなすようになるという。

そのために、この幸運の鳥がいると分かれば、無理矢理にでも手に入れようとする獣人や人間が現れるのである。

おそらく今回も、そういう輩がどこかで噂《うわさ》を聞きつけたのだろう。

そういった問題が起きないように、我が森を守護しているのだが……まったく、我は何をしていたのか、面目ない。

しかしその魔法陣は、さっき我が花畑に行った時は見当たらなかったのだが……

ともかく、小鳥から子供の話を聞いて、後でお礼を言わなければと思っていた――ところに、奴・ら・からこの子供を預かるよう頼まれた。

しかし、こんなに深く人間と関わることになるのは何十年ぶりだろう。

我は以前、この子供と同じように別の世界から来た、マサキという人間と契約していた。それまで人間と関わることがなかった我にとって、初めてにして唯一の契約者だ。

マサキと一緒にいられたのは、そう長い時間ではなかった。それでもその短い時の中で、マサキは様々なことを成し遂げていた。我や他の仲間と力を合わせこの世界を救ったり、この森がある国――ベルンドア王国の王となったり。

マサキとは離れ離れになったが、我はしばらくベルンドア王国の首都ベルンドアで過ごした後、この森に戻ってきた。それ以来、人間とは関わっていない。

ともかく、他の世界からやってきたという意味では、マサキも今回の子供と同じだが、あいつは大人だったしほとんど手がかからなかった。

だが今度はどうだ。こんなに小さい子供だぞ、我にどうしろと言うのだ。

まぁ、できることはやる。もちろんどんな敵からも守ろう。子供に興味があるのは確かだからな。

しかし、できることには限界がある。今はいいかもしれないが、近いうちに人間の生活する場所へ行くことになるだろう。

そうなったらどこへ行けばいい？

我のことが伝わっていると考えて、首都ベルンドアの王城を訪ねるのがいいか？　しかしあの国が現在どうなっているのか、我は知らんからな……。

とにかく、子供を守るためにも、少しは力のある者のところへ行った方がいいのには違いない。

はぁ、考えることもやることもいっぱいだ。

食事を進めつつ、ふと子供達の方を見ると、すでにうとうとしていた。

先に食べさせたのがまずかったか。名前だけでもしっかり聞いておけばよかったな。

だが、これではもうダメだろう。

確か人間は寝る前に歯を綺麗にしていたな？　浄化でいいか。だが、トイレだけは済まさせよう。

なんとか子供を起こし、寝ぼけて付いてきた小鳥と一緒にトイレをさせる。

半分寝ながらだったため大変だったがなんとか終わらせると、我は浄化をかけて子供達を寝かせる。

二人はすぐに、完璧な眠りに落ちた。

そして少し様子を見ていたのだが……

子供がお腹を掻《か》くと、それと同時に小鳥も羽でお腹をさすり。子供が右に寝返りをすれば、小鳥も同じ方向へ。子供が足を投げ出せば、小鳥も小さい足を広げ。

「……お前、小鳥のくせにそんな動きができるのか」

そう思わず声に出して言ってしまうと——

「ぴゅいい！」

「ちゃい！」

小鳥は今うるさいと言ったのだが、おそらく子供もうるさいと言ったのだろう。我としたことがビクッとしてしまった。怒る時まで一緒とは。

これからこの小さい者達との生活。我の周りがうるさくなりそうだ。

◇　◇　◇

「さぁ、今度こそ話をするぞ」

僕達の前に座ったトラお兄さんがそう言いました。

今僕達は、朝のご飯を食べ終わったところ。昨日はお腹いっぱいご飯を食べて、そのまま寝ちゃったからね。

僕達が朝のご飯を食べている最中、ずっとトラお兄さんは今度こそ話を進めるぞって、ブツブツ言っていました。

「まず我の名だが、スノーラと言う。大切な名だ」

トラお兄さんの名前はスノーラでした。スノーラ。なんかカッコいい！

「それでお前の名だが。お前は名がないのか？　であれば我が名付けてもいいのだが」

わわ!?　待って待って。僕にもスノーラみたいに、大切な名前があるよ!!

「ぼく、りぇん!!」

「りぇん？　変わった名だな」

「ちがう、りぇん!!」

「だから、りぇんだろう？」

うう～。きちんと蓮って言えない。どうしよう、このままじゃりぇんで覚えられちゃうよ。

あわあわしている僕を見るスノーラは、「違うのか」ってぼそっと呟いて、「あれを見てみるか」って言いました。

あれ？　あれって何？

スノーラが教えてくれたのは、あの透明な板のことでした。それを見れば僕の名前が分かるだろうって。

あれ、やっぱり本とかに出てくるステータスボードと同じものだったみたい。

僕、ちょっとドキドキです。今度も何も表示されてなかったら？

スノーラがステータスボードの見方を教えてくれます。心の中でステータスボードのことを思い浮かべるだけなんだって。

え？　それだけでいいの？　だって昨日ちょっとやってみたけど、何も出なかったよ？

そう思ったんだけど、スノーラは「やってみろ」って。

だから言われた通りにステータスボードのことを思い浮かべて……何も出ませんでした。

ほら、やっぱり出ないよ。

「何だ？　どうして出ないんだ？」

スノーラが首を傾《かし》げていると、小鳥がスノーラに何か言いました。羽としっぽを動かして、それから一生懸命《いっしょうけんめい》鳴いて。

そしたらスノーラが「ああ」って。何？

「お前、魔力はどうした？　魔力を使わなければ、思い浮かべてもステータスは見られんぞ」

魔力？

僕がぽけっとしていたら、「昨日小鳥を治した時に魔力を使ったろう」って。

確かに昨日はヒールっていうのをやったけど、ただヒールって言っただけ。魔力とか考えなかったよ。

僕がまたぽけっとしていたら、スノーラが変な顔をしました。

「お前、無意識に魔法を使ったんだろうとは思っていたが、魔力の方も無意識だったのか？　それであの力か？　……はぁ、そうだな。お前のような子供が、魔力を自由に使えるわけがなかった。小鳥を治したから、勝手に使えると思ってしまった」

そう言いながら、僕の頭に手を置いたスノーラ。

と、スノーラの髪の毛が揺れ始めて、それから少し体が光ったんだ。そうしたら急に体の中が温かくなって。

何これ!?

だけど僕が慌てても、スノーラは「大丈夫だから動くな」って。そんなこと言われても。

「今、体の中が温かいだろう。それがお前の魔力だ。今は我が力を貸して、お前の魔力を引き出している。今の間にもう一度、ステータスボードのことを考えてみろ」

この温かいのが魔力？　僕は言われるままステータスボードのことを思い浮かべてみました。

そうしたら今度はすぐに、僕の前にあのステータスボードが現れたんだ。

「きちんとできたな。よし、見てみるぞ……何だ、これはほとんど見られないではないか。まったく、何を考えているのだ。まぁ、今必要な部分は分かるからいいが。奴め。よっぽど規格外のものにしたのではないだろうな」

スノーラが色々言っているけど、僕はそれどころじゃありません。急いで名前のところを見ます。

……よかった!!　名前のところ、ちゃんとレンって表示されているよ、漢字じゃないけど、ちゃんとレンだよ。僕は大きなため息をつきます。

「ん？　ああ、りぇんではなくレンか。呼びやすい、いい響きの名だな」

スノーラがニコッと笑いながら僕を見て、僕もいい響きって言われたのが嬉しくて笑います。

名前がレンになっていて落ち着いた僕は、改めてステータスボードを見てみました。

でも、あれ？　この前と少し変わっている気が……名前のところはもちろんだけど、年齢も二歳か三歳じゃなくて二歳になってるし。

それに能力のところ、新しい能力が増えていて、契約者だって。契約者って何かな？

それからね、また変な文が増えていて、何か僕にっていうよりも、スノーラに伝えているって感じ？

［名前］レン　　　　　　　　［種族］人間
［性別］男　　　　　　　　　［年齢］二歳
［称号］＊＊＊
［レベル］1
［体力］1
［魔力］＊＊＊
［能力］回復魔法初級ヒール（使える魔法が多くなると面倒なので呪いも消せるようにしておいた）
　　　契約者　その他色々　まぁ大体使えるようになる予定、みたいな？
［スキル］＊＊＊
［加護］＊＊＊

スノーラがステータスを確認していきます。

そして能力のところで僕と同じことを感じたみたいで、ブツブツ言っていました。

「……とりあえず今使えるものはヒールと契約だな。が、表示もおかしいだろう。これは伝言板ではないのだぞ。はぁ、まぁとりあえず次だ。よかったなお前。レンが承諾《しょうだく》すれば、契約を結ぶことができるぞ」

小鳥の方を見て笑うスノーラ。

小鳥が歌いながら、僕達の周りを飛び回るのを見て、スノーラはため息をつきました。

「こっちのことは最後にしようと思っていたが、このはしゃぎようじゃダメそうだな……レン、この世界のことを教える前に、小鳥の話をする。とても大切な話だ。小さいお前にどこまで理解できるか分からないが」

小鳥が今度は、僕の隣じゃなくてスノーラの前に、僕の方を見て座りました。

それからスノーラが、小鳥について話してくれたんだけど……僕はそれを聞いて頭にきちゃって、思わず地面をバンバン叩《たた》いちゃいました。

えと、まず小鳥はとっても珍しい小鳥でした。普通の鳥よりも違うことがいっぱいなの。体の色とか、魔法の力とか。

まず一番の違いは色だって。この世界の鳥に青色の鳥は少なくて、薄い青い色の鳥は時々いるらしいんだけど、こんなに綺麗な瑠璃色なんて、スノーラも生きてきた中で初めて見たらしい。

ちなみにスノーラは三百歳超えていました。「これでも若いんだぞ」って、ニヤッと笑いながら、カッコいいポーズを決めていたけど……三百歳で若い？　じゃあ僕は？　この世界の基準は、僕のいた世界とは違うのかな？

そんな三百年生きているスノーラでさえ、こんなに綺麗な小鳥を見たことがないんだって。

だから呪いの魔法陣を仕掛けた人間か獣人は、小鳥を殺してでも絶対に捕まえようとしたんじゃないか。それがスノーラの考えでした。

小鳥を所有している。ただそれだけでみんなの注目の的だから、優越感にひたりたい金持ちが、よく捕まえに来るみたい。死んでいてもかなりの額で取引されるっていうのもあるらしいけど。

それを聞いた僕はさらに頭にきちゃったよ。

こんなに可愛い小鳥を、自分達のためだけに捕まえようとするなんて。しかもあんなに苦しい呪いをかけて。本当に死んじゃったら……ふぅ、僕の魔法が効いてくれてよかったよ。

「森を守る者として、この事態に気づけなかったこと、本当にすまなかった」

そう言ってスノーラが小鳥に頭を下げます。

小鳥は元気よく鳴いた後、片足を上げました。気にするなって言っているみたい。

そして小鳥に頭を下げたスノーラは、僕にも頭を下げてきました。

「レン、お前にも助けられた、ありがとう」

「うん!!」

別にそんなことをしなくていいのに。だって苦しんでいるのに、黙って見ている方がダメだもん。

「と、小鳥の能力についてはおいおい話すとしよう。能力と言ってもまだ小鳥だからな、そんな大層な力はまだ使えないのだ。小鳥について簡単にはこんな感じだが、お前に頼みというか、小鳥についてお願いがある」

小鳥についてのお願い。何だろう？

そう思っていると、小鳥が僕と友達になりたいって考えてるって、スノーラが教えてくれました。

あれ、僕はもう友達って勝手に思っていたんだけど違った？　それだったらちょっと恥ずかしいな。勝手に友達だと思って接していたよ。

「ぼく、もう、ちょもだち!!」

「ああ、それは分かっている。小鳥も友達だと思っているからな。我が言っているのは、契約のことなのだ。簡単に言えば魔法を使った友達だな」

契約？

そしたらスノーラが、ステータスボードの能力のところにあった、『契約者』について話してくれました。

難しいことは分からないけど、言葉通り、契約を結べるみたい。それで小鳥は僕と契約がしたいんだって。

でも契約って、本とかのお話だと、ご主人様みたいになるよね？　それはちょっと嫌だな……

そう思っていたら、不安が伝わったのかスノーラが教えてくれました。

「この者は、お前を主人としてではなく、相棒として友達として、契約したいと言っているのだ」

ああ、何だそんなこと？

確かに、こんなに小さくて、一人で何もできない主人なんておかしいでしょ。

それにあんまり主人とかそういうのは好きじゃない。相棒、友達。そっちの方がいいよ。

僕はそんなことを考えながら、頷いて小鳥の前に手を出しました。そうしたら小鳥が片足を乗せてきて握手《あくしゅ》。

スノーラの話は続きます。

なんかね、契約すると、色々いいことがあるみたい。契約した者同士、魔法の力が強くなったり、お話もできるようになったり。

魔法は強くなってもならなくても、どっちでもいいけど……今は鳴き声でなんとなく会話しているけど、そうじゃなくて今のスノーラみたいに、話ができるようになるみたい。お話ができるなんて、僕とっても嬉しいよ！

ただ、小鳥はまだ小さいから、もしかしたらもう少し大きくなってからじゃないと、話ができない可能性もあるらしい。こればっかりは契約しないと分からないって。

そっか。すぐに話せたらいいけど。でもいつか話せるようになるんなら、それでもいいよ。

「レン。頷いているが、本当に分かっているのか？」

「うん！　わかりゅ!!」

「本当か？　幼いわりに、ずいぶんしっかりとしているな」

まぁ、元は中学生だし。

「友達と主人の違いも分かっているか？　……まぁ、今のお前では友達と認識しているようだから、問題はないと思うが。おい、お前はどうだ？　もう一度確認だ。契約してしまったら、そう簡単に破棄《はき》はできんからな。このまま契約してもいいか？」

スノーラは小鳥の方に顔を向けます。

「ぴゅいぃぃぃぃ!!」

「そうか。考えは変わらんか。分かった、お前達がいいのなら、我はもう何も言わん。それに寝ている時まで息がぴったりならば、問題ないだろう」

最後の方、スノーラの声が聞こえませんでした。寝ている時がどうしたの？

「よし!!　次の話をする前に、契約をしてしまおう」

スノーラのその言葉を聞いて、小鳥が洞窟の中を飛び回ります。ピュイピュイ、歌いながらね。

でも大丈夫？　僕さっきステータスボードを出すのも大変だったんだよ。結局スノーラの力を借りたし。

それにヒールはどうしてできたか分からないけど、契約なんて難しそうなこと、僕にできるかな？

「そう心配そうな顔をするな。先程のように我が力を貸せば、レンならすぐに契約できるだろう」

スノーラが僕を見ながら、ニッと笑ってきました。

小鳥が僕達のところに戻ってきて、僕の肩に止まって、ほっぺにすりすりしてきたよ。

うん！　僕頑張《がんば》って契約するよ。呪文とか難しくないといいけど。でも難しくても頑張る!!

「お前はレンの前に。レン、今から先程のように魔力を引き出すから、じっとしているのだぞ」

第2章　契約と森での生活

ステータスボードの時みたいに、スノーラが僕の頭に自分の手を乗せてると、僕の体はポカポカに。さっきと同じだよ。

と、先に契約の仕方聞いておけばよかった!!

難しくても頑張るって思ったけど、難しいなら先に練習しないといけなかったんじゃ!?

僕は慌てて聞こうとしたけど、スノーラは「なんだ？　もう少しだからじっとしてろ」って。それは分かっているんだけど。

スノーラが僕の頭から手をどかします。慌てているうちに終わっちゃったみたい。

「我が魔力を調節したからな。少しの間なら魔力は安定している。さぁ契約だ」

「けいやく、わかりゃにゃい」

スノーラが、「あ」って顔をしました。やっぱり僕が契約初めてだって忘れていたよ。

「そうか、お前は魔法を知らないのだったな、すまんすまん。まぁ安心しろ。お前なら簡単なはずだ。まずは小鳥のことを考えるのだが、説明しながらやってしまおう」

それで本当に契約できるのかな？　でもやるしかないよね。

僕はスノーラに言われた通り、小鳥のことを考えます。スノーラは小鳥にも、僕のことを考えるように言いました。

そうしたらすぐに変化が。何かこう、小鳥は僕のちょっと前の方にいるのに、凄く近くにいるように感じて。

「よし。次はお互いに、契約したいと心から願うんだ。それでやることは終わりだ」

え？　それだけ？　本当に？　もっと何か呪文とか、僕が読んだ本だと、魔法陣みたいなものを描いていたけど。この世界の契約ってそれだけでできちゃうの？

僕は戸惑いながらも、契約したいって一生懸命考えました。

そうしたらまたすぐに変化が。ブワッ!!　って、地面から暖かい風が吹いてきた感じがしたんだ。

一生懸命契約したいって考えていた僕は目を瞑っていたんだけど、すぐに目を開けて確かめてみます。

地面にはいつの間にか魔法陣が現れていて、そこから光の風みたいなものが出ていました。

そして光の風が僕と小鳥を包むと、僕の体に入ってくる感覚が。小鳥もそうなのかな？　羽を広げたり足を上げたり、一生懸命見ているよ。

そしてまた変化が。光の風が一気に体の中に入ってきて、そのまま消えていったんだ。

光の風が消えると魔法陣も消えて。スノーラが頷いて、「これで契約完了だ」って。

終わり？　本当に契約できた？　何か僕変わった？　例えば何か体にマークみたいなものが出て

るとか。

　僕がスノーラに聞こうとした時でした。

『契約おわり？　もうお友達？』

「ああ、契約は成功だ。しっかり契約できたから安心しろ」

ん？　誰の声？　今までに聞いたことのない声が聞こえて、僕は思わず小鳥を見ました。

今の声、小鳥の方から聞こえたような？　僕はドキドキしながら小鳥に声をかけてみます。

「ぼく、りぇん。もう、おちょもだち」

『うん、レン!!　ボク、レンのお友達!!　ボクとっても嬉しい!!』

「ぼくもうれちぃ!!」

『うん、嬉しい!!　……あれ？』

　お互いじっと相手を見つめます。

そしてその後、僕は小鳥を抱きしめて、それから二人でやったぁ!!　って。僕も小鳥もニコニコだよ。だって言葉が分かるようになったんだよ！　今度からはしっかりお話しできるんだ。僕、とっても嬉しいよ！

「小鳥もレンも幼いからどうなるかと思ったが、言葉もしっかり分かるようだな。いや、よかったよかった。我の考えの通り、お前の魔力が強くて質もよかったから、面倒な魔法陣を教えずとも契約できた。やはりそんなところもあいつに似ている」

そんなスノーラの言葉に、喜んでいた僕は、バッとスノーラを見ます。小鳥もね。

今、何て言った？　魔法陣を描かなくてもって言った？　もしかして本当は魔法陣を描かないといけなかったの？

僕はスノーラに聞こうとします。でもその時、また知らない声が聞こえたんだ。

「やっぱり面白いことしてたね。そのちびっ子、どうしたの？」

後ろを振り返ったら、黒い洋服を着たお兄さんが立っていました。

「面白いことがあるなら呼んでって、いつも言っているじゃないか。森の中でおかしな気配を感じたから来てみたら。何？　何十年ぶりかに人間と暮らすことにしたの？」

「はぁ、うるさいのが来たな。これではゆっくり話もできやしない」

誰？　僕が固まっていると、小鳥が僕の頭の上に戻ってきて教えてくれました。

名前はカースで、この森に住んでいる、人に変身できる黒い鳥だって。黒い鳥？　カラス？

スノーラがドサッと自分の木の葉座布団に座りました。僕はすぐスノーラの隣に、木の葉座布団をかき集めて座ります。だって知らない人、スノーラの隣が安全だもん。

「へぇ、ずいぶん懐いてるんだね」

「はぁ、来てしまったものは仕方ない。だがこれから我らだけで大事な話をするのだ。二、三個質問したらさっさと帰れ」

スノーラがカースを睨《にら》みます。

カースは「分かった分かった」って、僕達の前に座りました。

それでね、カースがすぐに僕と小鳥が契約したことに気づいたんだけど、そこである事実が判明しました。


「――へぇ、それで本当に契約できちゃったんだ。凄いね君、アハハハッ‼」

ちょっと、笑い事じゃないよ！　契約ってそんなに難しいものだったの⁉　スノーラはそんなこと一言も言わなかったんだけど！

スノーラにさっさと質問をしろって言われたカースは、僕の名前を聞いた後、すぐに質問、というか聞いてきました。

「よく契約できたね、そんなに小さいのに魔法陣描けるの？」

って。

それでスノーラが契約の時の話をしたら、それを聞いたカースは一瞬驚いて、それからは大笑い、それで色々と説明してくれた……ってわけ。

僕と、それから小鳥も、スノーラを睨みます。

そうしたらスノーラは、「二人でそんなにほっぺを膨らませてどうしたんだ」だって。

ちょっと、僕達怒っているんだよ。もし失敗してたら、二度と契約できなくなってたかもしれなかったんだから！

あのね、カースが教えてくれたんだけど、契約って本当は大変なものだったんだ。

契約の魔法を使える人はたくさんいるけど、でもきちんと使えるようになるまで、いっぱい練習しないといけなくて。

最初に、契約の魔法陣を描けるように練習しなきゃいけないんだ。とっても複雑な魔法陣で、それを覚えるだけでも大変。ちょっとでも間違うと契約の魔法は使えません。だから契約の魔法を使い始めた頃《ころ》は、本を見ながらしっかり書いた後に契約をするんだ。

それができるようになると、今度は魔法陣を思い浮かべる練習。上級者になると魔法陣を思い浮かべただけで契約ができるようになるみたいだけど……でも完璧に魔法陣を思い浮かべないといけないから、上級者でも確実に契約したい時は、魔法陣を描くんだって。

でも、それで失敗すると、理由は分かっていないけど、契約のやり直しができなくなることがあるみたい。もちろん絶対にできなくなるわけじゃないけど、半々くらい？

僕も小鳥もその話を聞いて、二人でスノーラのお腹に突進しました。

ドンッ!!　って思いっきり突進したつもりだったんだけど、スノーラには効いていなくて。

今度は二人で近くに落ちていた、スノーラの食べた魔獣の骨を投げました。こっちは効いたみたい。スノーラがやめろって言って、僕達から離れます。

「我はお前ならできると思って何も言わなかったんだ。言ったところで魔法陣をお前が描けるとは思えんし、思い浮かべるにしても難しすぎる。それで逆に失敗したら」

「まぁ、確かにレンからは何か特別な力を感じるし、結果的に成功したからね。でも何も言わないでやらせるなんて。本当に君はあいつに似ているね。くくっ」

カースの言うあいつって誰のこと？　いや、今はどうでもいいや。

僕達は骨を持ったまま、じりじりスノーラに近づきます。そして最初に小鳥がスノーラに骨を当てた後、僕が投げて届かなかった骨を空中でキャッチして、スノーラに当ててくれました。カースがそれを見て軽く拍手。

この骨キャッチ攻撃が、僕と小鳥の初めての連携《れんけい》攻撃になりました。

僕は小鳥よりも大きい骨を投げたんだけど、しっかりキャッチ。小鳥はとっても力持ちだったんだ。それにあんなに小さな足で、大きな骨が掴《つか》めるなんて。凄いよ！

『言わないとダメ!!　失敗ダメ!!』

「うん！　ちっぱいダメ!!」

「す、すまなかった。次から何かする時は説明する」

「ハハッ、でもこの感じ。しっかり契約できているね。それに相性もバッチリみたいだ。君達はいいコンビになると思うよ。よかったね」

今まで散々笑っていたカースが、今度はあのバカ笑いじゃなくて、とっても優しい顔で僕達に笑いかけてきました。

なんだか嬉しくて、僕と小鳥は二人で顔を見合わせてニコニコです。

「まぁボクからしたら、君も相性がいいと思うけどね」

小さな声だったから、何を言ったか分からなかったけど。カースはボソッと何かを囁《ささや》いてスノーラの方を見ました。

スノーラはため息をつきながら、カースを見ます。

「はぁ。で、次の質問は？　今の話でだいぶ時間を使ったからな。質問はあと一つだ」

「ボクは契約の説明をしただけなんだけどね。君がしなかったから」

「よし、もう質問はないようだな」

「はいはい、じゃあ今日の質問はあと一つでいいよ、今度またゆっくり話しに来るから」

それで最後の質問は、僕がどこから来たの？　でした。

どこから？　地球って言えばいいのかな？　それとも日本？

僕が答えに困っていたら、スノーラが代わりに答えてくれたよ。

「レンはあいつと同じところから来たんだ。それで我がレンを守ることになった」

「別の世界から来たってこと？　ふ〜ん。あいつと同じところからねぇ。ふふ、面白くなりそうだね。さて、約束だし今日はこれで帰るよ。近いうちにまた遊びに来るから」

そう言ってカースが立ち上がって——ぽんっ！

本当に『ぽんっ！』て感じで、小鳥が言った通り黒い鳥に変身しました。

うん、やっぱりカラスだったよ。でも僕の知っているカラスじゃなくて、とっても大きいカラス。

今の僕よりもとっても大きいんだ。

『じゃあね、二人共』

僕達はカースに向かってバイバイ。カースはそれを見ると飛んでいきました。

「よし！　邪魔者はいなくなった。話の続きを始めるぞ」

そう言って、スノーラはこの世界のこととかを、色々と教えてくれました。


『レン！　洞窟の奥、探検しよ！』

「うん！」

『あまり奥まで行くなよ。さて、部屋の片付けと、ご飯の準備だな』

散らばった木の葉を見ながら、トラの姿のスノーラがそう呟きます。

今は、僕がここに来てから五日目。

けっこうこの洞窟の生活にも慣れてきて、洞窟の中だったら、少しは自由に遊べるようになったんだ。それで、ルリと一緒に洞窟の奥に行ってみることにしたの。

あっ、ルリっていうのは小鳥の名前ね。

あの日カースが帰ってすぐ、スノーラが「せっかく契約したんだから、小鳥の名前を考えろ」って。確かに小鳥って呼んだらおかしいもんね。

だからまずは小鳥に、何か付けてほしい名前があるか聞きました。小鳥の気持ちを聞かないと、勝手に決めるのはダメ。

そうしたらルリは、名前のことは考えていなかったみたいで、僕に考えてほしいって。

でも僕、生き物の名前考えたことほとんどなくて。小学生の時に学校で飼っていたウサギに名前を付けたくらい。そのウサギの名前は『うさ』。僕、名前を考えるの苦手なの。

でもルリはキラキラした目で僕を見てきて。一生懸命考えた結果、瑠璃色のルリに決定しました。

ルリは名前をとっても気に入ってくれたみたいでよかったよ。

そうそう、ルリの名前が決まってから、人間のこと、獣人のこと、魔獣の話を聞きました。

この世界には、僕と同じ人間以外にも、獣人がいっぱいいるみたい。人。僕はまだ人に会っていません。この世界の人って僕と同じかな？

それから、森とかに住んでいる魔獣――危険なものから、そうじゃないものまで、たくさんいるんだって。他にもエルフとか色々な種族がまだまだいるみたいだけど、僕にそんなにたくさん説明しても分からないだろうからって、また別の日に教えてくれることになったよ。

うん、見た目二歳だもんね。普通二歳の子に詳しい話をしても分からないはずって思うよね。

小さくなって最初はとっても困っていたけど、でも今は、この状況を受け入れようと思ってるよ。

これからレンとして生きていくんだ。

そして次に聞いたのが森のこと。

この森は、この辺りにある森の中で、一番大きいみたい。そんな大きな森をスノーラは守っているんだ。

スノーラはホワイトタイガーっていう種類の魔獣で、とっても強いんだって。それに、ルリみたいにとっても珍しい魔獣なの。もしかしたら今この世界で、ホワイトタイガーはスノーラしかいないかもしれないいんだ。

普通の虎《とら》の魔獣は、ワイルドタイガーって言うみたい。毛の色が違えば名前が変わるし、力も変わるんだ。

「まぁ、簡単に言えば変異種だな。同じ種類だが違うものということだ」

そんな強いスノーラは、仲間と一緒にずっとこの森を守ってきました。カースも森の守魔獣の一人だって。

それから、森の外のことも教えてくれました。

スノーラの感覚だから、いまいちよく分からなかったけど。森を出てちょっと行くと、人が住んでいる街や、人と獣人が一緒に暮らす街、それから獣人だけが住む街とか、色々な街があるみたいです。いつか連れて行ってくれるって。楽しみだなぁ。

と、こんな感じで色々お話をしてくれました。

その日はそのまま寝ちゃって、次の日からはルリと一緒に遊びながら過ごしてるんだ。

それで今日は、さっきまで昼寝してたんだけど……

いつも僕達が寝ている場所を見ると、そこにはバラバラになった木の葉がありました。

僕とルリ、昼寝をしたんだけどね、寝相がね。いつもはもう少しいいんだよ。スノーラに寄りかかって寝ているから、木の葉はあんまりバラバラにならないんだけど。

でも今日はお昼寝している時、スノーラは出かけてたみたい。小さい子供だけで留守番だったけど、スノーラがとっても強い結界を洞窟に張ってくれているから平気なんだ。

そして帰ってきたスノーラが見たものは……爆発で吹き飛ばされたみたいに、あっちこっちに散らばっている木の葉。それから、スノーラの分の木の葉も散らかして、それでも寝ている僕達の姿だったたって。

わざと散らかしたわけじゃないから、スノーラは怒らなかったけどね。

僕達が散らかしたから、僕達もお片付けするって言ったんだよ。でも、僕達がお片付けしたら、もっと散らかるからやめてくれって。それから遊んでいていいって。ごめんね、スノーラ。

あっ、それからね、スノーラは僕がスノーラって呼びにくくしていたから、スノーでいいって。だから口に出す時は、そう呼ぶことにしたよ。

『スノーラ、行ってきます!!』

「ましゅ!!」

二人でそう言って、僕達は洞窟の奥に。

洞窟の奥、トイレに使っていたでしょう？　そことは別の奥のところにスノーラが遊ぶ場所を作ってくれたの。そこは一日中スノーラの魔法で明るくなってるんだ。

僕達が食べた木の実の殻を綺麗に洗っておもちゃにしたり、スノーラが拾ってきてくれた木の枝とか何かの破片を遊んだり。あと、不思議な、いくら時間が経っても枯《か》れない花を持ってきたりしてくれて。けっこう楽しい遊び部屋になっているんだ。

それにしても、僕、何かここに来てから、子供っぽくなってきているような？　ちょっとしたことで喜んだり、泣いたり怒ったり。感情がコロコロ変わるの。それにおもちゃで遊ぶのも違和感がないし。何でだろう？

……ま、でもいっか。今はレンだもんね。今日の夜のご飯は何かなぁ？

◇　◇　◇

「ただいま戻りました、ローレンス様」

「ご苦労だったな、スチュアート。それでどうだった」

私、ローレンスは椅子《いす》に座って、スチュアートに問いかける。

「バディー様が感じたというおかしな気配ですが、あそこはそう簡単には入れない場所でして……私達は周囲の調査を行い、バディー様にはその場所まで行っていただきました。バディー様より先に戻るように言われ戻ってきましたが、私達の調査では何も問題はありませんでした」

「そうか……一体あの森で何が起きたのか、バディーの報告を待つことになるな。何もなければそれでいい。が、もし何か起きたなら――」

私が考え込んでいると、スチュアートも難しい顔になる。

「ですがあの森には」

「確かにあの森は、あの方達が守っている。何かあればすぐに解決するはずだ。もう解決しているかもしれんが。しかしもしおかしな気配の原因が人間によるものだったら……」

「そうですね。あの森に手を出す者などいないはずですが。あれからもう数十年。あの時のことを知らず、しかも話を信じない者達も出てきている今、絶対ということはありませんからね」

「バディーは一瞬力が爆発した感じがしたと言っていた。ただ自然に溜まった魔力が爆発しただけならいいがな。とりあえずバディーを待つとしよう」

そう言って私は、一つ息を吐いた。

◇◇◇

『レン！　昨日スノーラが隠した石を探そう！』

「うん!!」

今日もルリは元気、僕も元気です。

僕達の冒険や探検ごっこのために、昨日スノーラが色々隠してくれたんだ。綺麗な石とか花とかね。だからそれを探そうってわけ。

洞窟の中には隙間《すきま》がいっぱいあるから、そこに隠したみたい。

その隙間もスノーラは魔法でちょっとだけ見やすくしてくれてるんだ。といっても、完璧に明るく見やすくしちゃったらつまんないから、ちょっぴりだけだけどね。

細い隙間や小さな穴は、ルリが中に潜《もぐ》って探します。僕が入れる場所は一緒にね。

「あっちゃぁ？」

『う～ん、ここにはない‼』

すぐにルリが穴から出てきて、隣の少し大きい穴へ。ここは僕もハイハイすれば入れるから一緒に探そう。

「ここにもにゃい」

『ない。今度は向こう行こ』

次の細い隙間には、ルリが入りました。

そして見つかったんだけど……探していた石じゃなくて、変わった形の葉っぱでした。

面白い葉っぱで、何枚もくっ付いていて花に見えてるの。

石じゃなかったけど、面白いものが見つかったからいいや。

僕とルリは『やったぁ‼』のポーズ。シャキーンッ‼　って。

僕は右に向かって両腕を伸ばして、ルリは左に両方の羽を伸ばすの。足も右足を曲げて、もう片方を伸ばして。なんと、ルリもこれできるんだよ。座ってから左足を伸ばすの。

これが『やったぁ!!』のシャキーンッ!!　のポーズね。

見つかったものは、すぐに僕達のおもちゃが置いてある場所に持っていきます。それでなくさないように、木の実のカゴにそれを入れて。

それでちょうどしまいおわった時に、スノーラが『ご飯の時間だから遊びは終わりだ』って呼びに来ました。ルリはスノーラの頭の上、スノーラが僕の洋服の襟を咥えて戻ります。さっさと移動したい時はこれなんだ。

今日のルリのご飯はツノウサギ。ウサギの頭にツノが生えているんだ。それから歯がとっても鋭《するど》くて、肉食のウサギです。

そのツノウサギを、勢いよく突いて食べていくルリ。あ〜あ、頭を突っ込んで食べているから、また体中が……

横を見るとスノーラも魔獣姿のまま、肉にかぶり付いています。最初は見慣れていなかった光景に、ちょっと……って感じだったけど。すぐに慣れて今は平気です。

あっ、あとね。この前スノーラに、『あいつ』のことについて聞いてみたんだけど、「いつかな」って言われて終わっちゃったんだ。本当に誰だろうね？

いっぱいご飯を食べた僕とルリは、いつも通りに手を洗って、それからスノーラに綺麗にしてもらって。スノーラはまだご飯食べてるから、スノーラの近くでおもちゃで遊び始めました。

少し経った時、急にスノーラが食べるのを止めて、洞窟の出入口の方を見たんだ。どうしたのか聞こうとしたら、スノーラは『しっ』て。

だから僕もルリも遊ぶのをやめて、木の葉ベッドの方に。スノーラが今みたいに『しっ』てした時は、木の葉ベッドに行く約束なの。

スノーラは少しの間、耳を動かしたり匂《にお》いを嗅《か》いだりしていたけど、立ち上がってすぐにご飯の山を端っこに片付けます。

『いいか。お前達は大人しく奥の遊び場にいろ。我がいいと言うまで出てくるな』

僕を咥えて、急いで移動するスノーラ。奥の遊び場に着くと、もう一回『静かに遊んでるんだぞ』って言って、スノーラは行っちゃいました。

◇　◇　◇

二人を洞窟の奥へと連れて行くと、我、スノーラは洞窟の外へと向かった。

この気配の持ち主が何をしに来たのか大体は予想が付いていたし、少し前に人間達の気配がしていたからな。来るとは思っていた。

さっさと帰らせるか、それともレンのことを話すか。どうやって人間に接触しようか考えていたから、いい機会だと思えばそうなのだが……

我が外へ出ると、やはり奴――ワイルドパンサーというネコ科の魔獣が待っていた。

『何をしに来た？　人間も連れてきただろう』

『少し前だが、この森で魔力の爆発を感じた。それで何かあったのかと思い調査しにな。ローレンスは仕事で来られず、他の者と途中まで一緒に行動をしていたが、そいつらは帰したよ』

『で、お前だけ残り、我に原因を聞きに来たというわけか』

『ああ。ローレンスには魔力の爆発が一瞬だったと伝えたが、あれほどの魔力だ、何もないわけがない。一体何があったんだ。それにこの匂い。まさかここに人間がいるのか？』

ふむ。この者のところまで、レンがこの世界に来た時の魔力の爆発が伝わったか。さて、どのくらい遠くにいる者が気づいたか……まぁ、魔力を感じた場所がこの森だからな。そう簡単にちょっかいを出しくる奴はいないと思うが。

我は奴を洞窟には入れずに、その場で話をすることにした。

このワイルドパンサーの名はバディー。人と契約している。毛色は綺麗な漆黒《しっこく》で、目の色は金色。

我やルリほどではないが、なかなか珍しい魔獣だ。

そしてバディーと契約している人間だが……マサキの関係者の子孫だ。我はこの頃人前には出ていないから今もそうかは分からないが、確かかなりの力を持つ一族だったはず。

力というのは、戦う力と周りの国に対しての力、この両方を指す。バディーがここへ調べに来たということは、その力は衰《おとろ》えてはいないのだろう。

我が座るとバディーも座り、そして洞窟の中の様子を窺《うかが》う。

まぁ、こいつに隠し事はできんからな。だが会わせるかどうかは別だ。

『確かに今、この洞窟には人間がいる。お前が魔力の爆発を感じた日から、一緒に暮らし始めたのだ。そして我はその人間を守る役目を負っている』

『……それは昔と一緒の状況ということか？』

バディーの言う『昔と一緒の状況』とは、百年と少し前、俺がマサキを保護して、一緒にこの世界を旅していた時のことだろう。

『いや、我が守るという意味では同じだが、役割という意味では恐らく違う。俺に面倒を見るように言ってきた奴らの言い様《よう》だと、どうも予定外のことが起きて、ここへ来たらしくてな。我も急に頼まれて、理由をまだ聞いてはいないのだ』

『……そうか。それでその人間は、ここで暮らすことを承知しているのか』

バディーの言葉に、我は頷く。

『ああ。だがそのうち、人の住む場所には連れて行くつもりだ。ここで全てが賄《まかな》えるわけではないからな。だが今すぐではないな、まずはここの空気に慣れることが大切だ』

『そんなにゆっくりしているのか。確かマサキは、すぐに色々やらかしたのだろう？　森を半分消しそうになったり、魔力を暴走させて、近隣の街を破壊しそうになったり』

『確かにあの時は大変だった。だが今回はそういうことはない。ゆっくり進めていくつもりなのだ』

バディーが首を傾げる。

と、その時。我はある気配に顔を上げた。それはバディーも同じだった。

森の少し向こうからドラゴンが飛んでくる気配がしたのだ。

あの様子、ただこの森を通過しようとしているのだろうが……もし森を、森に住んでいる魔獣達を襲うのであれば、相手をしなければ。我とバディーも戦闘態勢に入る。

どんどん近づいてくるドラゴンが、我らを見て吼《ほ》えた。どうやら敵対するつもりはないようだが、かなり大きな声だ。

そしてその声と共に、洞窟の中からレンの叫ぶ声が聞こえた。

しまった。我らはあの声から敵対しないという意志を感じ取ったが、初めてドラゴンの声を聞くレンにとっては恐怖でしかなかっただろう。

我は急いで洞窟の奥へと向かった。そしてそこには、ルリを抱きしめてうずくまるレンの姿が。

「レン！　ルリ！」

人の姿になって抱き起こすと、レンはホッとした顔をしたが、すぐにその顔は歪《ゆが》み、ポロポロと涙が零《こぼ》れ始める。

「う、うえ、うええ」

「大丈夫、大丈夫だ。落ち着け、何も起こらないから」

外の様子を探る。ドラゴンはもうかなり遠くへ行ったようだ。バディーも洞窟に入ってはいけないと分かっているのだろう、そのまま動かずじっとしている。

バディーを帰すためにも、もう一度外へ出なくてはいけないが……このままレンを置いていくわけにはいかん。はぁ、こうなったら、初めて人間と接触する際は、やはりバディーの契約者の元へ行くか。一応行く前に確認はするが。

我は泣き止まないレンを抱っこしたまま、外へ向かった。ルリもレンに擦《す》り寄ったままだ。そして外へ出ると我らを見てバディーが目を見開く。

『何だ、その小さき者は⁉』

まぁ、そういう反応になるだろうな。

◇　◇　◇

スノーラに静かにしてろって言われた僕達。言われた通り、木の実を積み木みたいにして遊びながら、スノーラが戻ってくるのを待っていました。

どのくらいたったのかな？　急にルリが洞窟の奥の方っていうか、奥の上の方を見て、何かが近づいてくるって言ったんだ。

それはどんどん洞窟に近づいてきているみたいで。そしてもうすぐ洞窟の真上だよって教えてくれた時。

『グギャアァァァ‼』

洞窟の中に、物凄い魔獣の叫び声が響いたんだ。

僕は魔獣が襲ってきたと思って、慌ててルリを抱きしめてうずくまりました。

叫び声はその後も続いて、僕もルリもブルブル。僕はもっとルリをギュッと抱きしめて、必死にスノーラを呼びます。

そんなブルブルしていた僕達。やっと叫び声が聞こえなくなって、それとほぼ同時にスノーラの僕達を呼ぶ声がしました。

本当はすぐに返事をしたかったんだけど、動けないし怖くて。すると、誰かが僕を抱き上げます。

この手の感覚は……

「レン！　ルリ！」

スノーラが僕を抱き上げてくれたんだ。僕、我慢できなかったよ。涙が勝手に溢れてきます。

「う、うえ、うええ」

「大丈夫、大丈夫だ。落ち着け、何も起こらないから」

ぽんぽん背中を叩いて、それからさすってくれるスノーラ。でもなかなか涙が止まりません。そんな僕を抱っこしたままスノーラは歩き始めます。

さっきの大きな鳴き声何だったの？　あれだけ大きな声だったんだから、それだけ大きな生き物がいたってことでしょう？

色々聞きたいのと、怖かったので、僕の頭の中はちょっぴりぐちゃぐちゃ。そんな僕に聞こえてきたのは……

『何だその小さき者は⁉』

今度は誰の声？　僕は泣きながら顔を上げて、声のした方を見ました。

するとそこには、真っ黒いヒョウ？　それともチーター？　みたいな生き物が。

まさかさっきの声、この魔獣じゃないよね。僕はひしっとスノーラにくっ付きます。

「レン、それにルリも。こやつはここへ話をしに来ただけだ。先程の声はドラゴンのもので、もう遠くへ飛んでいったから安心しろ」

ドラゴン⁉　ここにはドラゴンがいるの⁉

ドラゴンって聞いて、ちょっと涙が止まったよ。そして僕は空を見上げます。

「ほら、もう何も見えないだろう」

うん、空はいつも通り。ホッとした僕。でもちょっとドラゴン見てみたかった気持ちも……うううん、やっぱりダメ。危険がないドラゴンならいいけど、この世界に住んでいるドラゴンが安全か分からないもん。

少し泣き止んだ僕を離すことなく、スノーラがその場に座りました。下ろされた僕はスノーラの膝《ひざ》に座って、驚いた顔をしたままの真っ黒魔獣も、驚いた顔のまま座りました。

「レン、ルリ。この者はワイルドパンサーという魔獣で、名はバディーという。バディー、この人間の子供の名はレン。そしてレンと契約している相棒のルリだ」

『契約⁉　子供と契約⁉』

あ〜あ、また驚いているよ。そのせいで驚いていた顔が、ちょっと面白い顔になって、僕はちょっと笑っちゃいました。そうしたらルリも笑い始めて……

「少しは落ち着いたようだな」

そんなスノーラの声に振り向いたら、ホッとした顔をしていたよ。うん、まだちょっと怖い感じは残っているけど、バディーの顔のおかげでもう大丈夫。バディー、ありがとうね。

それからスノーラとバディーが説明してくれたんだけど、バディーは僕とルリみたいに、人と契約しているんだって。

バディーが今日ここへ来たのは、森を調べるためでした。

どうして調べることになったか。それは僕がここに来たことに関係があるみたいです。

バディーは強い力を持っている魔獣で、僕がここに現れた時、森で変化が起きたことに気がついたみたい。スノーラみたいにね。

それをバディーは契約している人に報告。報告を受けた契約している人は、森を調べることにして、でも自分は他の大切な仕事で来られなかったの。だからバディーと部下の人達が来ました。

『人間の気配がするとは思ったが、まさかこんなに小さな者だとは』

バディーが変な顔のまま話をしてきます。それで僕達はまたちょっとだけクスクス。

『お前の驚いた顔が面白いらしい。お前のおかげでレン達が落ち着いた。助かった』

『いや別に、落ち着かせるために驚いているのではないのだが』

伏せをして顔をモミモミ、それからキリッとした顔になったバディー。あ〜あ、面白かったのに。

それから、スノーラは僕が来てからのことを、バディーに話しました。僕は途中でこっくりこっくり。落ち着いたら眠くなってきちゃって。ルリは先に寝ちゃっていたけど、僕もいつの間にか完璧に眠っていました。


うーん。僕は伸びをしながら起き上がります。

周りを確認したら、いつもみたいに自分の木の葉ベッドで、頭はスノーラのもふもふの毛を枕《まくら》がわりにして寝ていたよ。

外は明るいし、結局朝までぐっすり眠ってたみたい。

それから向こうの方を見たら、スノーラの木の葉座布団のところでバディーが寝ていました。昨日泊まったんだね。

僕達が動き始めたのに気づいたのか、スノーラも目を開けました。

『起きたのか？　おはよう』

「おはよ、ごじゃいましゅ」

『おはよう‼』

スノーラとバディーは僕達が寝た後も、色々お話をしたみたい。それで遅くなったから、朝のご飯を食べてから帰るんだって。

それでスノーラが『そろそろ起こすか』って言うから、僕とルリは顔を見合わせて、それからニッコリ。

せっかくだから、いつもスノーラを起こす時のやつをやろう。

僕達はある技を習得してるんだ。習得っていうか二人で考えたっていうか、二つ目の連携攻撃だよ。

なんでそんなものを習得してるかというと……まぁ、偶然なんだけどね。

スノーラは僕が来た次の日から、毎晩あるものを持って帰ってきます。それは、この森に一箇所《かしょ》だけある、お酒が湧く池から、木の実の入れ物に入れてきたお酒。

スノーラはそのお酒をガブガブ飲んで、あんまり飲みすぎた日の次の日はなかなか起きないの。そのせいで朝ご飯が遅れそうになったり、僕達が起こしても手で払ってきたり……

それで五日前、スノーラが酔っ払って寝ている時に、僕達は横で遊んでいたんだ。

たまたまだったんだけど……僕と僕の横をよちよち、ちょっと跳ねながら歩いていたルリは同時に石に躓《つまず》いて、思いっきりスノーラのお腹にダイブ。しかもルリはスノーラの鼻に突き刺さるようにダイブしちゃったんだ。

『な、何だ⁉』

もちろん、スノーラはびっくり。

でもスノーラは、寝ていても色々な気配を感じることができるから、何かあれば対処できるって前に言ってたんだよね。だけど危険じゃない僕達？　に、スノーラは安心しきってそのまま寝ていて。まさか僕達が転んでダイブしてくるなんて思わなかったみたい。

それが僕達の二つ目の連携攻撃になりました。

危険じゃない僕達の、いつ来るか分からないダイブ攻撃。スノーラが酔って起きない時は、この連携攻撃をするんだよ。たぶんスノーラは、もう対処できると思うけど、付き合ってくれているみたい。

でもバディーは？

僕とルリはよちよちとよちよちジャンプで、気がつかれないようにバディーに近づいて。ルリは飛んで移動すればいいけど、それだと僕とタイミングが合わないから、よちよちジャンプで合わせてくれているんだ。そして僕達のダイブが届くところまで行くと――

「ちょおっ‼」

『とうっ‼』

僕はバディーのお腹に、ルリはバディーの鼻に思い切りダイブしました。

『な、何だ⁉』

バディーが跳び上がります。

ふへへへ、成功!!　バディーもスノーラみたいにビックリ。目覚めた？　もう朝ご飯の時間だよ。

『お、おいスノーラ、今のは何だ!?　近づいてきたと思ったら……』

あっ、バディーも僕達が近づいてきたのは分かったみたい。

『二人の合わせ技だ。我もよくやられる。さぁ、二人とも、先にご飯を食べていろ』

「『うん！』」

僕とルリはそれぞれ木の葉座布団に座って、ご飯を食べ始めました。

『おい、よくやられるって、お前なら気配で分かるはずだろう。付き合ってやっているのか？　けっこうな衝撃だぞ』

『お前も何回か受ければ分かるかもしれんが。時々というか、毎回か？　ダイブしてくる時、うまい具合に気配を消すんだ。今までこっちに歩いてきていたと思ったら、次の瞬間にはダイブがくる』

『は？　気配を消す？　どういうことだ？』

バディーはまた驚いた顔をして、昨日のことを思い出して僕もルリもクスクス笑っちゃいました。

『まぁ色々あるのだ。さぁ、さっさと飯を食べてしまえ。そして早く帰って、我の話を伝えろ』

『？　分かった』

何かブツブツ言いながらバディーが僕達の反対側に座って、それから一緒にご飯を食べます。

ご飯を食べた後、少しゆっくりしたらバディーの帰る時間です。

『それじゃあ頼んだぞ』

『分かった』

「ばいばい!!」

『バイバイ!!』

バディーは物凄い速さで走り始めて、すぐに見えなくなっちゃいました。またいつか会おうね！

バディーが帰ると、『すぐに背中に乗れ』ってスノーラが。僕はよじよじスノーラの背中に乗ります。ルリはスノーラの頭の上ね。

背中に乗って移動の時は、僕だけだと落ちちゃうから、しっかりしっぽで支えてくれるよ。

『これからカースのところへ行く。近くに小さな湖があるから、我らが話している間、レン達はその湖の近くで遊んでいろ。新しい友もできるかもしれんぞ』

おお！　新しい友達。

そうそう、この前初めて、リスみたいな魔獣とお友達になったんだ。契約はなしのお友達ね。楽しみだなぁ。

スノーラが走り始めて少しして、スノーラが言っていた小さな湖に着きました。とっても綺麗な湖で水は透明、だから湖の底までばっちり見えます。

底にはキラキラしたものがいっぱいあって、スノーラが言うには、全部が透明の砂利と石なんだって。例えば茶色に見えるものも、よく見たら茶色の透明に見えるんだ。

それから魚もカラフルで、ここの魚は神聖なものだってスノーラが言ってました。だからこの森に住んでいる魔獣さん達は、ここの魚は絶対に食べません。

あと湖の周りは、全体が綺麗な花畑でした。ルリは花畑が大好きだからね、ここには初めて来たからとっても喜んでいたよ。

僕達が喜んでいたら後ろから声が。

『進展でもあった？　ゆっくり話そうか。レン、ルリ。広い場所で二人だけで遊ぶなんてつまらないだろう？　ボクの友達を呼ぼう』

振り返ったらやっぱりカースで、とっても綺麗な声で鳴きました。

ううん、歌い始めたって方が正しいかも。今のカースの姿は魔獣の姿。カース、歌うのとっても上手だったよ。

カースが歌い終わって少しして、カースの後ろの草むらがガサゴソ揺れ始めて。最初にリスに似ている魔獣さんが、何匹かぴょんって出てきました。

それから次々に小さな魔獣さんや、ちょっと大きな魔獣さん達が出てきて。キツネやイノシシ、タヌキに似ている魔獣もいたよ。

それから、ウサギに似ている魔獣さんも。時々スノーラが狩ってくる、ツノが生えているウサギさん魔獣じゃなくて、耳の毛がもこもこ、それから体ももこもこの、触ったらとっても気持ちよさそうなウサギさん魔獣です。同じウサギの魔獣でも、違う種類がいるのかも。

『みんな、スノーラのところで暮らしているレンとルリだ。仲良く遊ぶんだよ』

カースがそう言うと、僕とルリは魔獣さん達に囲まれてぎゅうぎゅうに。そのぎゅうぎゅうのまま押されるように、湖の方へ歩いて行きます。

みんな僕達の匂いをクンクン。僕も思わず一緒にクンクンクン。そうしたら、お前人間だろうって、スノーラとカースに笑われちゃいました。

魔獣さん達と僕達はすぐに仲良しになったよ。スノーラに足はバシャバシャしてもいいって言われたから、みんなで湖の周りに並んでバシャバシャ。

僕達が遊び始めると、スノーラ達は少し離れたところに座って話を始めました。

◇◇◇

レン達と離れ、我、スノーラはカースと話を始めた。

『そうか。やっぱりあいつも……バディーも気がついてここまで調べに来たんだ』

『ああ。この前レンが現れた時、どれだけの者が気づいたか』

『まぁ、ボク達レベルなら完全に気づいたろうし、バディーが気づいたってことは、最低でもあのレベルは気づいている。もう少し下の連中もかな。で、何を話したんだ？』

『一応これからのことについてな。バディーのところならば問題はないと思い、伝言を頼んだ』

『最近ボクも人間のところには行っていないけど、何も変わっていなければ、確かにバディーのところだったら安全かもね。まぁ、人間達は欲の塊《かたまり》だから、変わってしまった者達もいるかもしれないけど……バディーが離れていないってことは、まだ大丈夫ってことだろう』

そう、我はバディーに、彼の契約者への伝言を頼んである。

あの時のように、別の世界から人間がやってきたこと。今は我と暮らしていて、我がその人間のお守りをしていること。その人間はまだ小さいので力を借りたい——保護をしてほしいこと。

だがもしこの人間に何か不利なことをするのであれば、我の全てをもってこの人間を守り、関わった者全てを消すということも。

それを教えると、カースはうんうんと頷く。

『全てを消す……ね。君が本気を出したら、大きな街一つくらいなら簡単に消せるからね。人間もそれは避《さ》けたいだろう』

もし人間達が私の話を了承したのならば、迎えに来いとも言ってある。

確かに人間達はこの森の奥にはそうそう入れない。しかし本気でレンを保護しようと考えて、バディーの力を借りて準備をして森に来れば、大体十日であの洞窟の前までは来られるはずだ。

『そっか。行くのか。ボクも一緒に行こうかな』

『いや、お前には我の代わりにこの森を守ってもらいたい』

『……絶対そう言うと思った』

カースはため息をつきながら言う。

『すまないが頼む』

『分かったよ。というか分かっているよ、僕もこの森が大事だからね。あっ、そうだ！　代わりにボクのお願いを聞いてもらおうかな。まぁ、君は嫌がるかな？　でもボクはいいと思うんだ、君だって気づいてるはずだし……ねぇスノーラ、レンと契約しなよ』

『おい、我は……』

『あれからどれだけ経ってると？　君も前に進まなきゃ。幸いレンは君と相性バッチリだしね。ボクは君が心配だったんだよ。あ～、これで少しは落ち着く』

『…………』

我が黙っていても、カースは勝手に話を続ける。

『うんうん、よかったよかった。よし、ボクもレン達と遊んでこよう』

カースがレン達のところへ飛んでいく。

我が契約？　我はニコニコと楽しんでいるレンを見つめた。

◇　◇　◇

「ばいばい!!」

みんなに手を振って、スノーラがピョンッと跳ねると、一回で木のてっぺんに。そして洞窟の方へ向かって走り始めました。

あ〜、楽しかった。数え切れないくらいの魔獣さん達と友達になれて、僕もルリもニコニコです。それにね、僕はあるものを見つけて、そのことでもニコニコ。今は落とさないようにスノーラが魔法で持ってくれています。

それが何かっていうと……僕、綺麗な卵を見つけたんだ。

水遊びをしてその後は花を見たり、虫を探したり。色々なことをして遊んでいた僕達は、途中でふと僕は湖の中央の方を見ました。

何かそっちが気になったっていうか、感じたっていうか。そうしたら湖の中が少しだけキラキラ光ってるのに気づいたの。もちろんここへ着いた時は光っていなかったのに、でもその時に見たらキラキラ光っていて。

僕はすぐに湖の方へ。みんなも付いてきたよ。

もう一回よく湖を確認した僕。やっぱり湖の中心がキラキラしていて、僕はすぐにルリにも確認。ルリもキラキラに見えるって言いながら、湖の中央に見に行きました。

そんな僕達に気づいたスノーラ達が不思議そうにしていたから、キラキラの話をしたら、スノーラもカースも他の魔獣さん達も、キラキラなんか見えないって。

そんなはずないよ、だってあんなにキラキラハッキリ見えるのに。

そしたらルリが戻ってきて、キラキラしているけど何もないって。

『本当に光っているのか？』

「じぇったい！」

『とってもキラキラ！』

仕方ないってスノーラが、僕とルリを背中に乗せて湖の中を泳ぎ始めました。泳ぐというか、何か丸い透明なものに包まれて、すい～って湖の水面を進んでいく感じだったけど。スノーラの魔法かな？

そしてすぐに湖の中央に到着。カースも飛んできました。

『この辺りか？』

「うん！　キラキラ！」

『でも何もない』

『疑うわけじゃないけど、本当にキラキラしてるの？　ボク、全然見えないんだけど』

本当だよ。僕達の下、さっきよりもキラキラに見えるもん。水面が揺れるともっと綺麗に見えるんだ。

一瞬波の動きでキラキラが途切れて底が見えました。そこにあったのは小さな丸いもの。

僕がそうスノーラに伝えると、スノーラはどんどん水の中に入っていきます。スノーラの僕達を包んでいる魔法のおかげで、水が僕達を避《よ》けてくれているよ。

すぐに湖の底に到着。キラキラは相変わらずだったけど、水が避けてくれるおかげで、僕が見た丸いものもすぐに確認ができたよ。

流石にスノーラ達にも見えて、どうやら何かが埋まっていて、そのてっぺんが顔を出してるみたいって気づいたんだ。

だからみんなで綺麗な砂利を掘っていって、掘り終わると――

『おい、これは……お前、気づかなかったのか？』

『君だってここに時々来てたんだから、そっちこそ気づかなかったの？』

僕の手の中には、水色でちょっと模様がついている、僕の顔よりちょっと小さい、綺麗な丸いものが。

『レン、ルリ、それは卵だ』

スノーラがそう言います。

僕達に見えていたのは、キラキラ光る卵だったんだ。

卵を持ったまま岸辺に戻る僕達。魔獣さん達が周りに集まってきて、匂いを嗅いだりちょっとだけ触ってみたり、不思議そうにしています。だけどこんなに綺麗な卵、僕、見たことありません。

『ずっとここにあったのかな？　ボク達に気づかれずに？』

『どちらにしろ放ってはおけない。誰かが守らなければ。お前のところで見つかったのだから、お前が面倒を見ろ』

『えぇ？　ボクこういうの苦手なんだよ。スノーラだって知ってるだろう？　……そうだ!!　もしかしたらこの卵はレン達に育ててもらいたくて、光って知らせたのかもよ。レン、ルリ、この卵は君達が育てなよ』

『おい、勝手なことを言うんじゃない』

スノーラとカースが言い争いをしている中、じっと卵を見つめる僕とルリ。

なんだか、初めてルリと会った時みたいな感じがしました。こう、会った瞬間に一緒にいたいって感じ？　もちろんスノーラもそうなんだけど。

僕はルリを見ます。そうしたらルリも僕を見ていて、そして二人で頷きました。何も言わなくても、お互いが考えていることは同じです。

「ぼく、ちゃまごおしぇわしゅる!!」

『ルリも!!』

『お、おい、この卵は育てるのが大変なんだぞ。そこらの卵を育てるのとは訳が違うんだ』

でもこの卵、僕達と一緒にいたいって言っている感じがするの。僕達は一生懸命スノーラを説得します。そして……

『はぁ、分かった。我も一緒に育てよう。まぁ面倒な奴らに見つかるよりも、我が守り成長を見守る方がいい。だが二人とも、しっかり面倒を見るのだぞ。約束だ』

「あい‼」

『はい‼』

こうして一緒に帰ることになったんだ。

帰りながらスノーラにいつ頃生まれるのか聞いたら、分からないって。もしかしたらすぐかもしれないし、数年後かも。この世界の一年がどのくらいかは知らないけどね。早く会いたいなぁ。

それから、どんな子が生まれてくるかは内緒だって。その方が楽しみだろうって。

うん、そうだね。今から楽しみだなぁ。生まれてきたらたくさん遊ぼうね！

◇　◇　◇

『ローレンス、帰ったぞ』

「バディー、無事だったか！　よかった。ケビン、食事を用意してやってくれ』

『いや、それは話が終わってからでいい』

「……あの方に会えたのか？　そして何か問題が？」

オレ、バディーが帰ってきた時はニコニコしていたオレの主、ローレンスだったが、オレの言葉でその表情は真剣なものへと変わる。それは執事《しつじ》のケビンも同じで。

『問題といえば問題だな』

「そうか。では今すぐ騎士《きし》達を集めよう」

『確かにその方がいい。何しろ奴がいる場所まで行かなければいけないからな』

「は？　私達があの方のところへ行くのか？　まさか、あの方に何かあったのか⁉」

『奴からの伝言を預かっているが……そうだな、簡単に言えば、奴のところに人間がいる。確か二歳だと言っていたな。その子供が奴と一緒に暮らしているのだ』

オレの言葉に再び『は？』と言ったローレンスは、口を開けたまま固まった。いつもは驚くことなどないケビンまでもが、一瞬目を見開いていた。

ケビンでも驚くことがあるのか？　あれだけいつも無表情で何でもこなす奴が？

「え？　あ、いや。どういうことだ。どうしてあの方が人間と？　いや、なぜそんな小さな子供があんな危険な森に。いやいや、あの方といるから危険ではないのか？」

混乱しているローレンス。

まぁ仕方ないだろう。森の周りや、少し中に入ったところくらいなら、今回のように調査をすることはあるが、危険すぎて奥までは行かないからな。

そんな森の中心に住んでいる奴の元に、小さな人間の子供がいるなどと、誰が考える。

しかも奴――スノーラは、この地域の人間にとっては、あまりにも偉大な存在だ。かつてこの国を作った男と契約し、その初代国王がいなくなって百年近く経った今もなお、広大な森を守る魔獣なのだからな。

ローレンスは深呼吸をすると、妻のフィオーナや騎士団長のスチュアート、他にもスチュアートの部隊から何人かを呼ぶようにケビンに言う。

すぐに皆が集まり、まずは奴からの言葉を伝える。

全員かなり驚いていたが、それは当たり前だからいい。だがさらに詳しい話をしようとした時、フィオーナが立ち上がった。

「すぐに森へ行きましょう！　準備しなくちゃ！」

そんなフィオーナをローレンス達が止める。

「落ち着け！　いや私も君のことは言えないが。もう少し詳しく話を……」

「落ち着いていられるものですか‼　二歳だなんて、そんな小さい子が森にいるなんて！　あの方の元にいるなら危険はないでしょうけど、それでも早く迎えに行ってあげなければ。バディー。彼の伝言は今聞いたもので全てなのよね」

『あ、ああ。簡単にまとめればそうだ』

あまりの迫力に、オレは思わず後ろに下がってしまう。

「なら、詳しい話は移動しながら聞けばいいわ。それよりも準備よ！　森に行くための準備と、その小さな子にも準備が必要よ。今から用意して……」

ブツブツと独り言を言っていたフィオーナは、バッと顔を上げローレンスを見る。ローレンスの肩がビクッと揺れた。

「あなた、私は自分の準備とその子の準備をしてきますから、あとのことは任せるわね。急いで準備しても最低でも二日はかかるわ。時間を無駄にしないで！」

そう言い残し、フィオーナは話も途中に部屋から出て行ってしまった。閉まった扉の向こうからは、メイドのアンジェを呼ぶ声が聞こえる。

騒いでいたフィオーナがいなくなったことで、部屋の中が静まりかえった。

「あ〜、その、なんだ」

ローレンスが頭を掻きながら、これからのことについて指示を出す。一番大切な伝言は伝えたからな。確かにあとはフィオーナの言う通り森に行くまでに話せばいいか。

「あの方の元へ行くには、かなりの兵力が必要だな」

「はい。ですがバディー様の話からすると」

「最低限で力を示せといったところか」

『奴は子供を守れるだけの力が今の我々にあるのか、それを確かめたいようだ』

「だったらスチュアートの部隊ともう二部隊だな。ケビン、お前も用意を。それと私は自分の準備が終わったらフィオーナの様子を見てくる。暴走して荷物が必要以上に多くなっても困るからな」

「かしこまりました」

こうしてすぐ、スノーラ達の元へ向かうことが決定した。

といっても、オレは人間のように準備するようなものはないから、ローレンス達の準備が終わるまでの間ゆっくりすることに。

それにしても……奴がローレンス達のことを認めて、レン達がここへ来たら、屋敷の中はかなり騒がしくなるだろうな。特にフィオーナが。それにここに来れば、ローレンスの子供達もいる。歳は離れているが、レン達の兄として、遊び相手になるはずだ。

ローレンス達ならば準備をしっかりし、予想外のことが起こらなければ、奴のところまで行くことができるだろう。オレもしっかりとサポートしなければ。怪我などさせるものか。

それにはしっかり休み、体を万全にする必要がある。

オレはケビンが用意してくれたご飯を全て食べ、自分の部屋へと向かう。そして廊下《ろうか》で騒ぐフィオーナの声を聞き、うるさいなと思いながら眠りについた。

「アンジェ、アレも必要だわ!!」

「はい奥様!!」

……うるさい。

「きゃあぁぁぁ!!」

「奥様!?」

ガッシャアァァァンッ!!　うるさいぞ!!

第3章　スノーラとの契約と新たな出会い

「まだかにゃあ？」

『まだかなぁ？』

『お前達、毎日そんなにじっと見ていても卵は孵《かえ》らんぞ。言ったであろう。いつ生まれるか分からないと』

だから毎日確認しているんだよ。ルリと二人で『ねぇ』ってします。いつ生まれるか分からないなら、今生まれるかもしれないでしょう？

卵を見つけて持って帰ってきてから三日。

その辺にぽんっと置いておけないからって、スノーラが大きな木の実を見つけてきてくれて。その中身をスノーラが食べて、入れ物を作ってくれました。その中に、花から採れるワタとか木の葉とかを入れて。卵のベッドの出来上がり。

それから毎日、洞窟でもお外でも遊ぶ時以外は二人で卵の側にいました。

スノーラは生まれる時は分かるから、教えるからそんなに見てなくてもいいいって言っていたけど。でも、なるべく側にいた方がいいいと思うんだ。

『まったく。ほら、今日は花畑の方へ遊びに行くぞ』

卵をスノーラにしまってもらって、スノーラの背中に乗って移動。

今日遊びに来たのは、ルリが大好きな場所。ルリが倒れていた場所じゃなくて、他にもルリが好きな花畑があって、今日はそこに遊びに行く約束をしていました。

花畑に着くと、すぐに花の中に潜って行くルリ。出てきたら頭の上に可愛いピンクの花が載っていたよ。

『レン、このお花の蜜《みつ》、美味しい。吸ってみて』

僕はルリから花を受け取って、花の付け根の方からチュウチュウ蜜を吸ってみます。

そうしたらとっても甘い蜜が口の中に広がって……ああ、これホットケーキとかに付けて食べたら美味しいんだろうな。

「おいちい！　ありがちょ、りゅり！」

『ボク、もっと持ってくる。洞窟に持って帰る』

ルリがニコニコしながらまた花の中へ。その後たくさん花を集めてきてくれたルリ。スノーラに魔法で持ってもらって他の花でも遊んだら、今日の外遊びはおしまい。洞窟に戻りました。

でも、戻る時ちょっと変なことがあったんだよね。

いつもはスノーラがいっぱい話をしてくれるんだけど、今日はあんまり話さなくて。夜のご飯の時も静かでした。何か考えている感じ。どうしたのかな？

ご飯を食べ終わった僕達は、いつもみたいに顔を洗って、浄化をしてもらって。そのまま木の葉ベッドでゴロゴロしようとしました。

でもスノーラが、僕に木の葉座布団に座ってくれって。なんか真剣な表情。僕はすぐに木の葉座布団に座ります。

『レン。大切な話をする。もしレンがよければなのだが。ルリと同じように、我とも契約してくれないだろうか』

おお！　契約!!　うん、別に僕はいいよ。だってスノーラだもん、契約するのに問題なんかないよ。僕はすかさず返事をしようとしたんだけど、その前にスノーラが言葉を続けました。

『おそらくこれから数日のうちに、人間達が訪ねてくる』

何々、急に。契約の話は？

スノーラの話によると、この前会ったバディーに色々お願い、じゃなかった、伝言を頼んだんだって。バディーと契約している人へ。

僕はスノーラに面倒を見てもらっていて、今はとっても元気です。

でも僕は人間。人間の生活が大切だって考えたスノーラは、そのことで伝言を頼んだの。

僕をバディーの家に連れて行ってほしいって。他にも色々伝言は頼んだらしいんだけど、一番大切な伝言はそれ。

それでね、もしバディーと契約している人が、その伝言の内容を受け入れてくれたら、もうすぐここに迎えに来る頃なんだって。

もう、なんでそんな大事なこと、早く教えてくれなかったの。

『もちろん完全に決まりというわけではない。我が向こうで色々と確認し、お前にとってよくないと思えばここへ戻ってくるか、他の者達の元へ行くか。ただ、どちらにしろ、レンとルリを守るためにも、我は契約した方がいいと考えている』

う〜ん。別にいつも守ってもらっているし、それに僕達家族でしょう？　考えたら今まで契約してなかったのがおかしいんじゃない？

僕はうまく口では話せないけど、一生懸命スノーラに伝えました。

そんなに緊張《きんちょう》してお願いしてこなくても、僕はスノーラと契約するよ。って。

今のスノーラは魔獣の姿なんだけど、何か表情は硬いし、体もこわばっているような。

『そうか……お前はそうだな。ありがとうレン』

僕の話を聞いたスノーラは、緊張を解いてニコッと笑いました。

だから僕も、それから側でお話を聞いていたルリも一緒に笑って。

『まぁ、守るとは言っても、我がレンと契約したいだけの話なんだが』

小さな声で何か言ったスノーラ。何て言ったのって聞いたけど、何でもないって。

ふ〜ん？　ま、いいけど。

『よし、そうと決まればすぐに契約してしまおう！』

スノーラが立ち上がりました。と、僕は思わず「あっ」って言います。僕、大切なことを忘れていたよ！

「しゅにょー、ちゃいへん！　けいやくむじゅかちぃ！　かーしゅがいってちゃ!!」

「ああ、そのことか。あいつも余計なことを。心配させるようなことを言うから、契約する前にレンが慌てるんだ」

余計なことって、大切なことだよ！

大体そういうのは、スノーラがしっかりお話をしないといけないんじゃない？　それなのにカースから話を聞いて、どれだけ僕達がビックリしたか。

僕はスノーラのお腹を叩いて、ルリも一緒にお腹を突いてくれて。

「ま、待て。いいか、我の話をよく聞くんだぞ。ルリの時に、あの方法で契約できたのだから問題はない。それだけレンの契約がしっかりしているということだ」

カースがこの前言ったことは素人の契約者達のことで、僕はそういう人達とちょっと違うみたい。他の人よりもしっかり魔法が使えるから関係ないって。

それに、これは前も言ってたけど、今の僕だと契約の魔法陣を覚えられなくて、逆に失敗してしまうかもって。それがスノーラの考えでした。

じぃ～。ルリと一緒にスノーラを見ます。

『何だその目は。我は本当のことを言っているだけだぞ。さぁ、契約するぞ』

本当に、本当に大丈夫？　失敗しない？　僕とっても心配だよ。

でもスノーラは僕に契約の魔法陣を教えるつもりないみたいだし、でも契約はするって。スノーラのこと信じているけど。僕、失敗してスノーラと契約できなくなるなんて嫌だよ。

スノーラが立っている場所に、ゆっくり歩いていく僕。ルリは木の葉ベッドに移動しました。

『そんなに心配していると逆に失敗するぞ。自信を持て』

もう、分かったよ！

僕は気を取り直して、しっかりとスノーラの前に立ちました。それからすぐに、スノーラがいつもみたいに魔力を引き出してくれて。これで準備は完璧です。

『さぁレン、我と契約を。ああ、今だけはスノーではなく、スノーラと言ってくれ』

「しゅにょーりゃ、けいやく、おにぇがいちましゅ！」

『我はレンと契約する』

そうお互いが言った瞬間、ルリの時みたいに僕達を光の風が包み込んで……なんだか、ルリの時よりも長く光っている気がします。

大丈夫？　大丈夫だよね？

ドキドキしながら光が消えるのを待つ僕。ルリの時みたいに、体の中に光の風が入ってくる感覚もしているよ。

やっと光の風が消えた時、そこには人間の姿になった、だけどいつもと違う洋服を着ているスノーラがいました。スノーラは腕をぐるぐる、足を伸ばしたり曲げたりしています。

あれ、何で服が変わってるの？

「ふむ、契約は成功だ。だから言ったであろう？　何も心配することはないと」

ちゃんと契約できたみたい。なんか時間がかかっていたみたいだから、もう心配で心配で。契約できてよかったぁ。

ルリがスノーラの肩に乗っかって、これで家族って、とっても喜んでいます。

僕もやろう！　僕もスノーラに抱きついて顔をぐりぐり。それから、いつ洋服を着替えたのか聞いてみました。そうしたら着替えてないって。契約したから変わったんだって言いました。

「ルリはまだ小さく、魔力が安定していないから変化は見られなかったが。我のように強い者と、お前のように強い者が契約すると、人間の姿の時の洋服が変わったり、魔獣の時の姿が変わったりするのだ」

そう言ってスノーラが魔獣の姿に戻りました。

そうしたら本当に魔獣の姿も少し変わっていて、色艶《いろつや》がよくなったっていうか、キラキラになったっていうか。触ってみたらさらにもふもふになっていたよ。それからツノが大きくなっていて。

『どうだ？　色々変わっているだろう？』

『ふわふわ、寝る時にもっと気持ちよくなった！　ね、レン！』

「うん！」

『そっちか。もっとこう、格好よくなったとか、綺麗になったとか。はぁ』

その日は新しいもふもふ毛でゆっくり眠りました。

スノーラは何回か僕達を足でどかしたんだけど、寝ていても無意識にスノーラにくっ付いてくる僕達に、最後は諦《あきら》めたって。朝ブツブツ言っていたよ。

それからカースに報告に行きました。

カースは契約したって聞いた時、今までで一番優しい顔をしてよかったねって。でもその後は、契約の仕方を聞いて大笑いしていました。

『僕が説明してあげたのに、結局その方法で契約したんだ。よかったね、契約できて。アハハハッ!!』

ほら、やっぱりあの契約の仕方おかしいんじゃない？　でもまぁ二回できたんだから大丈夫なのかな？　う〜ん。

『さぁ、昼食まで遊んでこい』

集まってきた魔獣達と湖に走っていく僕達。その後ろで、カースとスノーラが何か話していました。

『でもほんとに、契約できてよかったね。それでどんな感じ？』

『あいつの時よりもしっかり繋《つな》がっている感じだ』

『だろうね。絶対相性がいいと思ったんだよ。あの子達をしっかり守ってあげてね』

『当たり前だろう。我の新しい家族だからな』

うーん、よく聞こえないや。でも、契約できてよかったな！

◇　◇　◇

「さぁ、森の中へ入るぞ。気を引き締めろ……ってフィオーナ!?」

「あなた何をしているの？　早く行くわよ！　あの子が待っているのですから！」

「いや、だから、森の奥へ行くのだから気を引き締めてだな……はぁ、もういい」

私、ローレンスの言葉を最後まで聞かずに、フィオーナが森の中へと入っていく。そしてそれに続くアンジェ。

今の二人ならば私達がいなくとも、二人だけで森の奥へ行くことができるかもしれないな。

『おい、早く行かなくていいのか？　二人が凄い勢いで進んでいっているぞ』

フィオーナの圧に思わず止まっていた私に、バディーが声をかけてきて、私は急いで皆に声をかけると森の中へ歩き始めた。

子供――レンというらしいが、彼は元気にしているだろうか。私達を見て、怖がらないでくれるといいのだが。だがもしそうでも、ゆっくりと私達に慣れてくれれば。

私は自分の服の胸の辺りを押さえる。フィオーナではないが、私もレンにぬいぐるみを買ってきた。気に入ってくれるといいが。

　そして荷物の中には、レンと一緒にいるという、ルリという鳥のためにも、色々と準備をしてきた。私もフィオーナのことは言えないな。

『どうした、笑って？』

「いや、私もフィオーナと同じだと思ってな。色々と用意するところが」

『同じ？　お前やケビンが止めなければ、馬車がもう一台増えるところだったんだぞ』

「あ～、まぁな。帰ったら片付けが大変だ」

　こうして私達は森へと入っていった。

◇　◇　◇

「……来たな」

　僕達が朝のご飯を食べ終わって、遊ぶ準備をしていたら、スノーラがぼそっと何か言いました。それからすぐに魔獣の姿になったスノーラが、『皆に挨拶しに行くぞ』って。

　どうやら、この前言っていた、バディーと契約してるって人達が森に入ってきたみたい。

　まだ付いていくか決まってはいないけど、もしその人達に付いて森から出るなら、カース達に挨拶しておかないと。それからカース達だけじゃなくて、他にも友達になった魔獣さん達にもご挨拶をしておかないとね。

僕達はスノーラの背に乗って、森を移動します。

湖に着いたらカースがニコニコしながら、『いよいよだね』って言いました。

『まだ一緒に行くかは分からんが。それにもしかすると帰ってくる可能性もある』

『確かにそうだけど、でも進むことも大事だからね。レン、ルリ。スノーラの言うことをよく聞いて、絶対に離れちゃダメだよ』

「うん！」

『ボク達、いつも一緒！』

何があっても絶対に離れないよ。

う〜ん、それにしても、せっかくお友達になったのに、バイバイはちょっと寂《さび》しいなぁ。

そう僕が言ったら、スノーラが街で暮らしても、時々遊びに来ればいいだろうって。

遊びに来ればって、この森とっても広いんでしょう？　それに人はなかなか奥まで入ってこられないって。あとは街がどの辺にあるかは分からないけど、街だってけっこう遠いはず。

そうしたらスノーラじゃなくて、カースが説明してくれました。

『スノーラだったら、そんなに時間がかからないで森まで遊びに来られるさ』

いつも僕達を乗せて走ってくれるスノーラ。全力じゃないのは分かっていたけど、スノーラは人の目じゃ見えないくらい、速く走ることができるみたいです。もちろんそんなスノーラに、何もしないで乗るなんてできません。スノーラに結界を張ってもらうの。

『一回やってもらったら？』

そう言われて、スノーラに乗ってみることにします。すぐにスノーラが結界を張ってくれたんだけど、黄緑色の透明な結界でした。僕のヒールの色とはちょっと違います。

『よし、走るぞ！』

「うん！　……お、おおおおおっ⁉」

『ぴゅのぉぉぉ⁉』

ルリと一緒に、変な声で叫んじゃったよ。カースは人の目には見えないくらい速いって言ったけど、それはもちろん、僕達が中から見る景色も一緒で。

周りの色はなんとなく分かるんだけどね、それが何かは分からないんだ。それくらいスノーラが速く走っているってこと。

ビックリしているうちに、すぐにスノーラが止まって、僕達はカースのところに戻っていました。

『どう？　速かったでしょう？　今ので森の半分走ってきたんだよ』

森の半分？

『ぷっ、二人の顔、アハハハハッ‼』

え？　何？　聞いたら僕とルリは目を大きく開いて、口を開けてスノーラを見てたって。二人でほっぺをモミモミ。

『本当に二人は、初めから兄弟だったみたいに、動きも表情もそっくりだね』

そう言いながら人型になって、僕達を抱っこするカース。

「いいかい。人間のところに行っても、今の関係を大切にするんだよ。君達は家族なんだ。仲良く、時には喧嘩《けんか》してもいい。それでも最後には仲直りをして幸せに暮らすんだ」

「うん！」

『ボク達家族!!　仲良し!!』

「よし!!」

カースが僕達を下ろして、僕達はそのまま魔獣さん達のところに。みんなにご挨拶だよ。

「それにしてもレンは歳のわりに、こちらの言ったことをちゃんと理解できていたから、ボクも話しやすかったよ。スノーラ、二人を頼んだよ」

『ああ、もちろん！』


スノーラが、バディー達が来たって言ってから、今日で七日目です。

その間、バイバイの挨拶に行ったのに、またみんなのところに遊びに行ったりしてました。挨拶するの、もう少し後でもよかったかも。魔獣達もまた会いに行った時、どうしているのって顔してたし。

今日もいつも通り朝のご飯を食べます。と、スノーラが顔を上げました。そして洞窟の入口の方を見て、『やっと来たか』って呟きます。

『二人とも、食事は終わりだ』

ささっとスノーラが木の実や果物、魔獣を片付けます。それから他のものも。あのね、もし街に行くなら、慣れているものを持って行った方がいいだろうって話になって、洞窟の中にスノーラが用意してくれたものは、全部持って行くことにしていたんだ。

木の葉とかは置いていくけど、木の実のカゴとか、おもちゃとかそういうのね。いつみんなが来るか分からなかったから、まだ片付けてなかったの。

でもスノーラはすぐに魔法でお片付けできちゃうから大丈夫。今も僕達のおもちゃをささっと片付けちゃいました。

『いいか、お前達、我は今からバディー達と話をしてくる。我が呼ぶまでここから出てくるんじゃないぞ。そして静かにしているんだ……そうだな、卵と待っていてくれ。それなら飽《あ》きずに待っていられるだろう？』

スノーラが僕達の前に、魔法でしまっていた、木の実のベッドに入っている卵を出してくれました。僕達は木の葉座布団に座って卵の前に座ります。そしてスノーラはすぐに外へ出て行きます。

僕達は卵と話を始めました。聞こえているか分からないけど、もしかしたらこっちの声が聞こえているかもしれない、ってスノーラが前に言ってたから。だから最近はよく卵とお話ししているんだよ。

「あにょねぇ、もうしゅぐおでかけ」

『うん！　家族みんなでお出かけ!!』

「まちでくりゃしゅかも？」

『街で暮らす。ルリ、とってもドキドキなの!!』

僕達がそんな話を始めてすぐでした。

何か洞窟の入口の方から、ザワザワっていうかガタガタっていうか、ちょっとうるさい音が聞こえてきて、そしたらルリが、『みんなが到着した』って教えてくれました。いよいよだよ。

スノーラが付いていっていいか確かめるって言っていたけど。どんな人達かな？　ルリやスノーラが何かされるのは嫌だよ。最初はいい人のふりして、後で変わる人もいるし。

ちょっとドキドキ、ううん、かなりドキドキだよ。

◇　◇　◇

『まぁまぁ早い方か？　よく来たな』

我、スノーラはバディーを見た後、その後ろに並んでいる面々を見た。

バディーの真後ろにいるのが、バディーと契約をしている者、名前はローレンスだったか。そしてその隣にいるのが妻で、あとは騎士に使用人とメイドといったところだな。

ローレンスがバディーと同じ位置まで出てくると、片膝をつき我に挨拶をしてきた。他の面々もそれに続く。

「お初にお目にかかります。私はルストルニアを治めている、ローレンス・サザーランドと申します」

「妻のフィオーナ・サザーランドと申します」

『我からの伝言はしっかり聞いたようだな。それでこれからのことなのだが、我らはお前達の元へ行こうと思っているのだが、お前達はどうだ？　伝言でも注意はしたが、もし我らがお前達の街へ行き、何か不利益を被《こうむ》ることがあれば、我は街を消し森に戻るが』

面倒な話はなしだ。もうバディーに伝えてもらっているからな。

ローレンス達の心構えを聞けば、今はそれでいい。向こうに行くと決まったら、向こうでのことはその時々で対処する。

「もちろんでございます。レン様を責任を持ってお預かり、いいえ、家族として私の家へ招き守っていく。そのために準備をしてきましたし、屋敷の用意も整っております。また、もし私達の行動が、レン様にとって不利益と取られた場合のことも承知しております。そして、そのようなことにはならないと自信を持っております」

『そうか』

ローレンスの目をじっと見つめる。そしてフィオーナの目も。彼らが嘘《うそ》を言っているようには見えない。そして自信に満ち溢れているあの様子。覚悟を決めてきたといったところか。

『とりあえずは合格だ』

「ありがとうございます」

『今からレンを……』

「レン様はどこです！　食事はきちんと取れていますか？　洋服などはどうしていたのですか？　何か今すぐに必要なものは!!」

フィオーナがずずずいっ!!　と凄い形相で我の前に出てきたので、我は思わず後退してしまう。

一体何なんだ!?　後ろでローレンスとバディーが頭を横に振っているのが見える。

と、その時だった。洞窟の中からレンの泣き声が聞こえてきた。

◇　◇　◇

卵とお話をしながら静かに待っていた僕達。

でもやっぱり外がどうなっているか気になって。だって初めて魔獣以外の、人に会うんだよ。地球の人間と同じかなとか、もしかして獣人もいる？　とか、色々考えて、入口の方を何回もチラチラ見ちゃって。

それは僕だけじゃなくて、ルリも一緒だったみたい。

初めて出会った時、ルリは誰かは分からないけど、人間か獣人のせいで大変なことになってたらしいし。またいじめてくる人だったらどうしようって、この前僕とスノーラにお話ししてきたんだ。もちろん僕もスノーラも、絶対にルリを守るよって約束したよ。それでルリは安心したみたいだけど、でもやっぱり心配だよね。

「しゅこしだけ、しゅしゅむ？」

『外に出ちゃダメ。だから二歩だけ進む。それならちょっと。スノーラ怒らない』

うん。それくらいならスノーラ怒らないよね。二歩だけなら大丈夫。

二人で頷いて立ち上がると、二歩だけ歩いて入口の方を覗《のぞ》きます。

う～ん、何も分からない。

最初のザワザワから途中で静かになって、それからは何も聞こえなくなったんだ。

「もちょっと？」

『うん。あと二歩だけ行く』

またまた二歩だけ進みます。

と、そんなことをしていたら、外から、大きな女の人の声が聞こえたんだ。

その時ビックリしたのと、これじゃスノーラに怒られちゃうって思った僕達は、急いで卵のところまで戻ることに。

そして卵のところまであとちょっとのところでした。

僕、石に躓いちゃったんだ。そして転びそうになった僕の目の前には卵が――卵にぶつかったら大変‼　僕は少しでも体をずらさなくちゃって思って、今の僕の体でよくできたなと思うけど、僕は卵のスレスレ右側に思いっきり倒れました。

そしたら当然、顔も手も足も、一気に痛みがきます。

中学生の僕だったら我慢できたかもしれないけど、今の僕に我慢できるはずがなくて……

「う、いちゃ、ふぇ、うわあぁぁぁぁんっ‼」

泣いちゃったよね。

そんな僕を見て、ルリも一緒に泣き出しちゃって。

僕が転んで泣いてすぐでした。スノーラが急いで洞窟の中に戻ってきてくれたよ。

『どうしたんだ⁉　怪我しているじゃないか。ルリ、泣いていないで説明しろ』

ルリがスノーラに説明してくれます。その間も僕は怪我したところがヒリヒリ、ズキズキ。

『はぁ、そうだったのか、大人しくは待っていたのだな。ふらふらしなければ完璧だったが。そうだな、気になるよな。待っていろ、今、我が治してやる。我も一応はヒールが使える。お前ほどではないがな』

スノーラが僕にヒールを使って、怪我を治してくれました。それでヒリヒリもズキズキもすぐに治ったんだけど、でもなかなか涙が止まらなくて。

『よし、治ったな。そういえば、ヒールについてもレンに説明しないといけないことがあるな。

まぁ、後でもいいか。今はあちらの皆に顔を見せるぞ。レン、泣いていては笑われてしまうぞ？』

スノーラが人の姿に変身して僕を抱っこして、ルリが僕の頭に乗っかります。

それからスノーラは卵をしまって、入口に向かって歩き始めました。

笑われちゃうって言われても、どうにも今の体だとすぐに泣くのを止められないんだよ。泣いたまま外に出るけど、みんな笑わないでね。

外の光が見えてきて、僕は抱っこされたまま外に出ました。そのまま前を見る僕。

そこには、人も他のものもいっぱいでした。

まず見たままで合っているなら、あれは馬車？　あっちは荷物がいっぱい載っているから、荷馬車ってやつかな？　あとは馬っぽい魔獣もいっぱいだし。

そしてたくさんの人達。一番目立っているのは、バディーの隣でカッコいい洋服を着て、片膝をついている男の人。隣には、男の人に洋服を掴まれている綺麗な女の人が。

その人達の後ろには、背広みたいなのを着ている人に、メイドさんみたいな洋服を着ている人。

それから本で見たことがある騎士みたいな服装の人達が。体の横に装備しているの、あれって剣？本物？

前の方にいた綺麗な女の人がとっても優しい顔で僕を見た後、ちょっとだけ体を動かしました。

僕は思わずビクッとしちゃいます。それを見て、すぐに女の人が止まります。

「大丈夫だ、レン」

僕は顔を上げます。スノーラがニッコリ笑っていました。

「レン、ルリ。こっちの男がバディーの契約者で、これから我らが行く街を治めている者だ。名前はローレンス。そしてこっちの女がフィオーナでローレンスの妻だ。そしてその後ろにいるのが……」

スノーラが紹介してくれます。とりあえず今は名前を知ってもらいたい人だけ。あとは街に行きながら教えてくれるって。

一番前にいたカッコいい男の人はローレンスさん。街を治めているって言っていたから、たぶん偉い人だと思うんだけど。そして隣の綺麗な女の人が、フィオーナさんでした。

後ろにいる男の人二人が、騎士っぽい服がスチュアートさん、背広みたいな服がケビンさん。スチュアートさんはやっぱり騎士さんで騎士団長さんでした。それからケビンさんは、ローレンスさんの執事さん。

あとフィオーナさんの後ろにいた、メイドさんみたいな洋服を着ていた人は、やっぱりメイドさんで、名前はアンジェさんだって。アンジェさん、その洋服で森を歩いてきたの？　歩きにくくなかった？

そんなことを考えながら紹介してもらっている間に、いつの間にか涙が止まっていました。

そして紹介が終わってすぐ、フィオーナさんが話しかけてきたよ。

「あの、スノーラ様、レン様の近くへ行ってもよろしいですか？」

レン様？　僕、そんな様って呼ばれるほどの者じゃないよ。それに僕に合わない、硬い感じがするし。僕のことはレンでいいよ。僕はフィオーナさんにそう言いました。

……うん、言ったんだけど、ちょっと距離が遠かったみたいで、フィオーナさんには聞こえなかったみたい。ん？　って顔をされちゃった。

そしたら代わりにスノーラが言ってくれたよ。

「レンは様付けが嫌だと。硬い感じがして嫌らしい。レンと呼んでほしいそうだ」

「あら、私はいいのですが、本当によろしいのでしょうか？」

「別にかまわん。それにレンが望んでいる」

「ではこれからはレンと呼ばせていただきます。レン、近づいても？」

僕は小さく頷きます。

さっきはビクッとしてごめんなさい。今は落ち着いているから大丈夫だよ。そう心の中で謝ります。

フィオーナさんは僕のすぐ近くまで来ると、そっと手を伸ばしてきて、僕の頭を撫でてくれました。

「初めまして、フィオーナよ。これからよろしくね。今日は少ないけれど、あなたのために色々持ってきているの。後で一緒に見てくれる？」

「ぼく、りぇん！　うん！　いちょよみりゅ!!」

『ルリも‼』

「ふふ、ありがとう」

それからスノーラに抱っこしてもらったまま、少しお話をした僕。

途中でスノーラが洞窟の中でゆっくり話そうって言いました。

どうもローレンスさん達、少しでも早くここに来ようとして、夜中もずっと歩いていたみたい。

だから今日はこのままここでゆっくりして、明日の朝から移動することになったって。

僕達がフィオーナさんと話をしているうちに、これからのことが決まっていました。

ローレンスさん、フィオーナさん、それからケビンさんとアンジェさんが洞窟に入ります。

でもね、この後、事件が起こったんだ。起こったっていうか、それはしょうがないことだったんだけど。

僕は洞窟に入ると、僕達がいつもご飯を食べたり寝たりしている場所へ。そして僕達はいつもみたいに、木の葉座布団に座りました。

そういえば、ローレンスさん達の木の葉座布団がないや。そう思ってスノーラに言おうとしたら、アンジェさんがカバンの中から丸いクッションを出しました。

僕もルリもそのカバンとクッションをじっと見つめます。だって明らかにカバンよりもクッションの方が大きいんだよ。いくら押し潰して入れたって、一個なら入るかもしれないけど、人数分は無理。どうやってカバンに入れていたの？

「カバン、いっぱいはいりゅ、おかちぃ」

『うん、おかしい』

「ああ、初めて見たのね」

近くにクッションを敷いて座ったフィオーナさんが教えてくれました。

このカバンは普通のカバンじゃなくて、何でもいっぱい入っちゃう、魔法のカバンだったの。使う人の魔力の量で入る量は決まるんだって。そんな凄いカバンがあるんだね。

それからもケビンさんとアンジェさんはずっと動いていて。僕達の前には今、何かの飲み物が入ったカップと、それからお菓子《かし》の載っているお皿が置かれています。

本当は机とか椅子とか用意できるらしいけど、僕達が木の葉座布団から動かなかったから、地面にシートを敷いてそこに置いてあります。だって今まで木の葉座布団だったから、こっちの方が落ち着くんだもん。

飲み物をひと口飲んで、フィオーナさんが話を始めました。

僕もひと口、零さないように気をつけて飲んでみます。飲み物はとっても美味しい紅茶だったよ。

「それでスノーラ様、こちらではレンはどのような生活を」

「まぁ、あいつといた時のことを思い出しながら色々とな」

今までの僕の生活を話し始めたスノーラ。その話をしたことで事件が起こったんだ。

今、僕とルリの横で、スノーラが魔獣の姿で、とっても小さくなっています。スノーラは魔獣姿の時、その大きさを変えることができるんだけど、今は僕と同じくらいに小さくなっていて。

そしてスノーラの前には、フィオーナさんとアンジェさんが、とっても怖い顔をして立っています。ドンッ‼　って音が聞こえてきそうだよ。

そう、あれからスノーラは、僕のここでの生活を話していたんだけど、ご飯の話になった時に問題が起きました。

最初は普通に聞いていたフィオーナさん。でもだんだんと怖い顔になってきて。アンジェさんも顔がピクピクしてきて。そんなフィオーナさん達の変化に、スノーラ以外みんなが気づいていたと思うよ。だって何かこう、圧を感じたんだ。

ローレンスさんは時々、フィオーナさんに声をかけようとしていたけど、なかなかそれができなくて。ケビンさんは完全に知らん顔って感じで。

「それでスノーラ様、食事は木の実と果物だけでしたの？　お肉類などは？」

「そっちはどう食べさせればいいか分からなくてな。いつか街へ行くことになるなら、その時でいいと思っていた。まぁ食べなくとも……」

その瞬間、バンッと立ち上がったフィオーナさん。その少し後ろにアンジェさんもドンッと立って。人の姿で座っていたスノーラが、少しだけ後退しました。

「な、何だ？　どうしたのだ？」

「スノーラ様、何だ、ではありません!!　どうしてもっと早く私達に知らせなかったのですか!!」

それからずっとスノーラは怒られているんだ。木の実や果物をきちんと僕に食べさせていたことについては問題ない。栄養はたっぷり入っているからね。

でもお肉も食べないと栄養が偏《かたよ》ってしまう。僕くらいの小さい子供は、成長のためにもきちんとした栄養を取らなければいけないのに、後で大丈夫だなんてって。

フィオーナさん、止まらないの。そんなフィオーナさんの言葉の間に、アンジェさんがまた追撃するって感じで。迫力のあるフィオーナさん達に、スノーラは途中でトラの姿になって、どんどん小さくなっていきました。それで今では僕と同じ大きさに。

確かにお肉を食べないと栄養は偏るかも。でもそれは仕方ないことだと思うんだよね。料理なんてできないだろうし。

それでもスノーラは僕達にいっぱいご飯を食べさせてくれたよ。これ以上怒ったらスノーラが可哀想。

僕はスノーラのことを抱きしめました。それからルリがスノーラの前に立ちます。ルリはちょっと震えていたよ。

「しゅにょー、いっぱいごはん。ぼく、おにゃかいぱい。しゅにょーおこっちゃ、め」

『僕もいっぱいご飯食べた。怒るのダメ』

「……二人共」

フィオーナさんが止まります。

ふぅ、止まってくれた。これで止まってくれなかったらどうしようと思ったよ。だってフィオーナさん、怖いんだもん。これ以上怖いフィオーナさんを見ていたら、僕達絶対、洞窟の奥に逃げていたはず。

止まったフィオーナさんに、ローレンスさんが話しかけます。というかローレンスさん、おどおどしていないで、早くフィオーナさん達止めてよ。

「そ、そうだぞ、フィオーナ。そろそろ止めないか」

「旦那様《だんなさま》もお止めになるのでしたら、レン様の後ではなく先になさいませんと」

「い、いや、なぁ。というか、お前も止めたらどうだ」

「フィオーナ様を止めるのは、旦那様の仕事です」

ケビンさんの言う通り。

あっ、そうそう、僕はレンって呼んでって言ったんだけど、ケビンさんとアンジェさんは様を付けるって。それが決まりって言われちゃって、それだけ変えられませんでした。

「フィオーナ、スノーラ様はここまでしっかりレンの面倒を見ていてくれたんだ。それを責めることはしてはいけない」

「分かっています！　分かってはいますが、私はレンが心配で……申し訳ありません。どうしてもレンのことを考えてしまって」

フィオーナさんが謝って圧がなくなって、僕もルリもホッとします。一番ホッとしてたのはスノーラだったけどね。凄く大きなため息をついていました。

そんなスノーラに、ローレンスさんが謝ります。

「スノーラ様、申し訳ない。フィオーナもレンのことを思って」

『分かっている。確かに我も同じものばかりではと思っていたからな』

「そうですわ!!」

急にフローラさんが大きな声を出すものだから、僕もみんなもビクッとしちゃったよ。

「屋敷へ戻った後は、私が一からお料理のこと、生活に関することなど、スノーラ様にお教えします。もしスノーラ様がやはり街にはいられないと、森に帰るようなことがあれば。またこのような生活にならないよう完璧に!」

『い、いや、そのなんだ』

スノーラがローレンスさんを見ました。ローレンスさんは目を逸《そ》らして、それから首を横に振ります。諦めちゃったみたい。

『何で我ばかりがこんな目に……』

これがローレンスさん達が来て、すぐに起きた事件でした。僕はその後しょぼくれるスノーラをずっと撫でてあげたよ。スノーラは誰になんて言われたって、僕とルリの家族だからね。

お昼を食べ終わった後、僕とルリはフィオーナさんと一緒に、外で休んでいる馬の魔獣を見せてもらいに洞窟の外に出ました。

そうそう、お昼ご飯、とっても美味しかったよ。ケビンさんとアンジェさん、話している間にいつの間にか洞窟からいなくなっていたんだけど、お昼ご飯のチェックに行っていたみたいで。僕、この世界へ来て初めてお肉料理を食べました。

一緒に来ていた騎士さん達がご飯を作って、それを僕達にも食べさせてくれたんだ。初めてのお肉調理は、ワイルドボアっていうイノシシ魔獣の串焼《くしや》きでした。

最初見た時、串に大きなワイルドボアのお肉が三つ刺さっていたんだけど。見た目はとっても硬そうな気がして、食べられるかなってちょっと心配でした。

そしたらスノーラが串からお肉を外してお皿に載っけてくれたよ。それからなんと、ローレンスさんが子供用のフォークまで用意してくれていて。フォークの先にウサギさん魔獣の飾りが付いている可愛いフォークだったな。

その可愛いフォークでお肉を刺したら、スッとお肉に刺さって、そのまま齧《かじ》り付いた僕。変な声で思わず叫んじゃったよ。

「みみゃあぁぁぁ!!」

それはルリも一緒で。ルリもいつもの可愛い鳴き声じゃなくて、僕と同じでみみゃあぁぁぁ!!って。そんな声も出せるんだね。

それくらい、お肉がとっても美味しかったんだ。硬そうに見えたお肉は全然そんなことなくて、それどころか、一回噛《か》んだだけで、すぐに口の中でほぐれちゃったくらい。じゅわってタレが出てきて、そのタレがまたとっても美味しいの。

美味しすぎて、パクパク食べちゃって、でも一本でお腹いっぱい。本当はもっと食べたかったんだけど、僕のお腹じゃ一本が限界だったよ。残念。

でも、今日の夜も別の料理を食べられるみたい。楽しみだなぁ。

それでご飯を食べ終わった僕達は、馬の魔獣を見るために外に出てきたんだよ。

「この魔獣の名前はウインドホースよ。走るのがとっても速い魔獣なの。それからこっちにいるのはハードホース。とっても力持ちで、重い荷物を運んでくれるの」

ウインドホースはすらっとした体格で、全身が白くて、うっすらと綺麗な黄緑色の毛が頭と首に生えています。騎士さん達がよく乗るのはウインドホースだって。

ハードホースはとっても大きくて、ウインドホースの一・五倍くらい。それからしっぽの毛がふさぁぁぁって。体の色は茶色でした。馬車を引いてくれるのがハードホースだよ。あと、体の大きい騎士さんはハードホースに乗ることもあるみたい。

「しゃわってい？」

『僕、乗ってみていい？』

「ええ、私の相棒ならおとなしい子だからいいわよ。それから、あっちで荷馬車を引いてくれている子なら大丈夫」

まずはフィオーナさんが乗ってきたウインドホースの方へ。

「この子の名前はスルース。スルース、レンとルリよ。二人を乗せていいかしら？」

「こんちゃ！」

『こんにちは！』

「ヒヒ～ン！」

あっ、そうか。みんながみんな、お話しできるわけじゃなかったよね。今のヒヒ～ンはこんにちはでいいのかな？

「今のはこの子の挨拶よ。それから乗ってもいいって。嫌な時は首を横に振るからすぐに分かるの。さぁ、乗せてあげるわ」

フィオーナさんがひょいっと僕を持ち上げて、スルースの背中に乗せてくれました。ルリはスルースの頭の毛の上に座ります。

僕は首を撫でさせてもらったんだけど、その時一緒に毛を触ったら、とってもサラサラで気持ちがよかったです。

スルースから下りたら、二人でスルースにありがとうをしました。そうしたらスルースが両足を上げてヒヒ～ンって。今のは「どういたしまして」だってフィオーナさんが教えてくれました。

フィオーナさんにお話しできるのって聞いたら、お話はできないけど、なんとなく分かるって言っていました。

最初の僕とルリと一緒だね。そういえばフィオーナさんはスルースと契約してないのかな？

次はハードホースに乗せてもらいます。

ハードホースの背中はちょっと硬くて、ちょっと硬い座布団みたい？　それから体が大きいから、僕がハードホースの背中に座っても余裕がありました。やらなかったけど、たぶん、この子の背中の上で、僕が歩けるんじゃないかな？

両方の馬さん魔獣に乗せてもらってニコニコの僕達。僕はスキップして、洞窟の前で待っているスノーラのところへ……スキップっていっても偽スキップだけど。歩くのも微妙なんだから、スキップなんてできないよ。

ルリも飛ばないで、スキップみたいな感じで一緒に戻ります。

それでスノーラのところに着いたら、クスクス笑っている声があっちこっちで聞こえて。振り向いて確認したんだけど、騎士さんもフィオーナさん達も、僕達と逆の方を向いていて、誰が笑っているのか分かりませんでした。

「いやだわ、今の何かしら？　スキップ？」

「何だよ、おい、笑うなよ」

「か、可愛い……」

うーん、まぁいっか！

その後も色々見て周った僕とルリ。その間ずっと、フィオーナさんが一緒にいてくれました。スノーラはローレンスさん達と、これからのことについて話をしていたみたい。さっきフィオーナさんに貰ったクッキーを食べながら、ちょっとお話を聞いていたんだけど……

ここまで来るのに、ローレンスさん達はかなり時間がかかりました。それでも他の人達に比べたらとっても早いんだけどね。それはやっぱりこの森が、人々にとっては危険な森だからみたい。

実際、ローレンスさん達は洞窟に来るまでに、けっこう強い魔獣達と何回か戦ったんだって。でもそれは、テストでもあったってスーラが言ってました。もし魔獣にやられるようなら、僕達は任せられないってスノーラは考えていたんだ。

この森は今までスノーラが守っていて、森を荒らそうとする悪い魔獣がいれば、すぐにスノーラがその魔獣を倒していました。でも生きるため、生活のための、魔獣同士の戦いだったら何もしません。それは自然のことだから。

それで今回は、その中でもけっこう強い魔獣達と、ローレンスさん達は戦ったみたい。それを全部倒して、ここまで来てくれたんだ。

『まぁ、次は我が一緒だからな。友好的な魔獣以外は現れんだろう。だからここまで来る時よりも早く、街へ戻れるぞ』

いくら強い魔獣でも、スノーラには敵わないもんね。あ、でも僕スノーラが魔獣と戦っているところ見てみたいかも。

今までは、食事になってた魔獣は外で狩ってきたものだから、スノーラが戦っているところを見たことがないんだよね。しっかりとした気持ちで見ないとダメだと思うけど。戦っているスノーラ、とってもカッコいいんだろうなぁ。

「森の出口付近まで行ったら、一旦そこで泊まります。そうすれば次の日、夕方頃には一番近い街へ着きますので。下手に休まずに動くと夜中移動することになって、街に着いても入ることができない。なるべくそういうのは避けた方がいいかと」

『そうだな、ローレンス。その方が安全だろう。我がいるからな、襲われてもすぐに終わらせるが、なるべく危険は避けた方がいい』

と、そんな話をしていました。

『街、どんなかな？』

「ぼくはじめちぇ」

『ルリも！　お友達できるかな？』

「おちょもだち、いぱい！」

『うん！　それでみんなでいっぱい遊ぶ!!』

ルリの言った通り、お友達ができるといいなぁ。魔獣さんの友達はもちろん、人や獣人さんのお友達もできるかな？　いじめてくる子がいないといいな。

僕、街へ行ったらやりたいことがいっぱいあるんだ。

街で遊ぶのはもちろん、この世界のこと、ローレンスさん達のことをもっと知りたい。他にも本を読みたいんだ。地球であった、動物図鑑みたいなものがあればなぁって。

この世界の魔獣は地球の生き物に似ているけど、でもやっぱり違う生き物で。どんな魔獣がいるか知りたいの。

それから僕、契約ができるでしょう？　もしいつかまた、僕と契約したい、してもいいって言ってくれる魔獣が現れた時、その魔獣がどんな魔獣か、少しでも知っておいた方がいいと思うんだ。

色々考えていたら、街に行くのがどんどん楽しみになってきました。

森の友達と離れるのは寂しいけど、街での生活が楽しいといいなぁ。

なんて考えていたら、話が色々と進んでたみたい。

『――やはり今でも必要なのか』

「ええ。最近ではそれに関連する事件も多くなってきていて、これに関しては前よりも厳しくなっています」

『そうか。まだ完全に街で暮らすと決まったわけではないが、その間に何かあってもな。街でずっと暮らすなら尚更《なおさら》か』

「スノーラ様に関しては、誰も何もしてこないとは思います。ですが、今ではあの時を知らない者達がかなり多く、完全に何もないとは言い切れませんので」

『分かった。とりあえずルリに聞いてみる。もしルリが嫌がったらその時はまた、他の方法を考えるしかないが。レン！　ルリ！』

　スノーラに呼ばれた僕達は、さっきの偽スキップをしながらスノーラのところへ。そしてまたクスクスって笑っている声が聞こえて、バッ！　と僕とルリは振り返ります。

『誰か笑った？』

「ね、わらっちぇる。へんにゃの」

『変なの！　スノーラ、な〜に？』

「おはなち？」

『どちらかというと、ルリに話なんだが』

　僕達がスノーラ達のところに行くと、ケビンさんがしゃがんで僕達に何かを見せてくれました。何かと思ったら、いくつかの輪っかでした。金みたいなものでできていたり、何か柔《やわ》らかい素材でできていたり、色々あります。

　それからその輪っか全部に、綺麗な石が付いているんだけど、そこには何かの絵が描いてありました。タカみたいな絵だったよ。

　不思議に思っていると、スノーラが教えてくれます。

『ルリ、これはお前のような小さな魔獣がつけるものだ』

　スノーラの説明だと、これは小さい魔獣用のもので、ルリが街で暮らすために必要なものらしいです。街で暮らす誰かと契約している魔獣達のほとんどが体につけていて、誰と契約しているって、証明するためのものなんだって。

どこにでも悪いことを考える人達はいるもので、その悪い人が他の人が契約している魔獣を、自分の魔獣だって言って奪おうとする事件があるみたい。

それでそう言われた人は、その魔獣が自分のだって証明しなくちゃいけなくて。そうなった時にすぐに分かるように、契約している人は、自分が契約している魔獣に特別な印を持たせることになってるんだ。

ペンダントや腕輪や足輪、それからしっぽにつける飾りだったり。魔獣に合わせて特注で作ることも。帽子や洋服を着ている魔獣もいるみたい。それでそのつけるものには、必ず自分のだってマークが付いていて。何かあった時はそのマークのことも詳しく聞かれるって。

問題が起きないように、ほとんどの魔獣が何かをつけて一緒に行動しています。つけていない魔獣もいるけど、その場合はその魔獣がとっても強くて、そう簡単に手を出せない場合ね。

そっか。そういうこともあるんだね。契約しているのに奪おうとするなんて、最低な人達だね。

ローレンスさん達は、そういう人達を何人も捕まえてきました。でもなかなか減らなくて。これからもっと対策を強化しないとって言っていたよ。

スノーラが伝言でルリのことを知らせていたから、街へ来るならって、急いで用意してくれたみたいです。サイズが合わないかもしれないから、たくさん用意してくれたんだね。

それからタカみたいなマークは、ローレンスさんのお家のマークでした。

ローレンスさんは街を治めているとっても偉い人。だからこのマークのペンダントをつけていれば、よっぽどのバカじゃなければ、ルリには手を出してこないって。

ちなみに街へ行ったらサイズとかデザインとか、ルリの気に入るものを新しく作ることもできるって。専門のお店があるんだね。

今は一応ローレンスさんのお家のマークを描いたものをつけるけど、他にも僕と契約していますって、僕達が考えたマークを描いたものを一緒につけてもいいみたい。

マークが描いてある石は、とっても軽い特別な石だから、二個ついていてもほとんど重さが変わらないの。だからルリでも大丈夫だって。

『つけないと、レンとスノーラとバイバイ？』

『そんなことにはならんが。だがもしもということもある』

『ボク、バイバイやだ！　ペンダントつける。それで後でレンとマーク考えてそれつける！』

ルリがペンダントつけていいって。僕だと上手につけられないから、フィオーナさんが代わりにつけてくれます。持ってきたものを順番につけて、サイズが一番合っているものにしました。

「これがピッタリかしら？　ルリちゃん苦しくない？」

『大丈夫！　ピッタリ!!』

「そう。じゃあ街へ戻ったら、このサイズでルリちゃんが気に入るものを作りましょう」

『レン！　後でマーク考えよ！』

「うん!!」

　ペンダントをつけた後も、僕達は騎士さん達の様子を見たり、またスルースのところへ行って乗せてもらったり。楽しかったです。

　それから夕日が沈んだくらいに夜のご飯を食べて。ローレンスさんとフィオーナさんだけ洞窟に残って、一緒に寝ることになりました。

　ローレンスさん達は外で泊まることに慣れているみたいで、魔法カバンから薄いマットが潰れたようなものと薄い掛けるものも出して、すぐに寝る準備完了。僕達もいつもみたいに木の葉ベッドでスノーラに寄りかかりながら寝ます。

　そして朝起きた時――

「思わず大きな声を出して笑いそうになってしまった。いや、危なかった」

「本当にレンとルリちゃんは仲良しなのね。私もビックリしたわ」

　ローレンスさん達に朝のご挨拶をして、ローレンスさん達も挨拶してくれたんだけど。その後二人がすぐに笑い出したんだ。

　僕達が寝てから、スノーラはローレンスさん達と話の続きをするためにベッドから出たんだけど。その時、ローレンスさん達は僕達のあのピッタリな寝相を見たんだって。

　僕が右を向くとルリも右を向いて。僕がお腹を掻いたり顔を掻いたりすると、ルリも同じタイミングで掻いて。

途中でスノーラが水を飲もうと思って立った時、僕は右に、ルリは左に転がり始めました。円を描くように転がり始めた僕達。そのまま洞窟の壁に転がって行って、同時に壁にぶつかりそうに。スノーラが慌てて僕達を止めてくれたんだけど、そんなスノーラのことを僕達は邪魔するなって感じで、ツッコミみたいに叩いたみたい。そのまま僕達は、今度は反対にまた転がり始めて。最後は元の場所に戻って寝始めたって。

「くくくっ」

ローレンスさん、笑いすぎじゃない？　あっ、ほらルリが突こうと狙《ねら》っているよ。

第４章　街へ向けて出発!!

「さぁ、出発だ！」

ローレンスさんの掛け声と共に、列が進み始めました。

先頭は騎士さん達、その次がスチュアートさん達で、それからローレンスさん達。僕達はその後ろね。そこに馬車と荷馬車が続いて、最後にまた騎士さん達が。

僕とルリはスノーラに乗って移動です。でも途中で疲れたらいつでも馬車に乗っていいんだって。

本当は最初から、僕達は馬車で移動って考えていたみたいなんだけど、僕がスノーラに乗って移動したいってお願いしました。

いつでも遊びに来れるって言っていたけど、でもやっぱりこの森を見ていたくて。この世界へ来て、初めて生活した場所だからね。

それに僕達の見送りに、友達になった魔獣さん達が来てくれたんだよ。しかもスノーラが教えてくれたんだけど、他の場所でも待っていてくれているって。だから森から出るまでは馬車に乗らないで、みんなにバイバイしながら移動したいんだ。

でも、街へ行く道へ出たらすぐに馬車に乗ることになってます。魔獣姿のスノーラを見たら、周りにいる人達がビックリして、大騒ぎになっちゃうからって。

それにスノーラだけじゃなくて、背中に乗っている僕とルリを見たら、さらに騒ぎが大きくなっちゃうって。色々準備が整うまで、なるべく他の人に会わない方がいいみたいです。

確かにスノーラもルリもとっても珍しい魔獣だもんね。ちゃんと準備してからじゃないと。

僕がそんなことをルリとお話ししていたら、ローレンスさんが、「確かにそうだけどそうじゃない」って。

「あの方と似ているところが多いからな、感づく奴も出てくるはずだ。それにこんなに可愛い子供がそうそういてたまるか。かといって自覚をしてくれと言うのもな」

ボソボソ何か言いながら、僕とルリのことを心配そうに、でもちょっと笑いながら見ていました。

歩き出して少しして、大きな木が生えている場所に到着。僕とルリが来たことがある中で、洞窟から一番遠い場所です。ここから先はまだ行ったことがありません。

『あっ！　レン、お見送り！』

ルリに言われて大きな木の上の方を見たら、そこには最初にお友達になったリスみたいな魔獣さんがいました。僕もルリもブンブン手を振ると、リスさん魔獣もブンブンしっぽを振ってくれて、その後枝の上で一回転してから森の奥へ消えて行きました。

その様子を見て、ローレンスさんがスノーラに話しかけました。

「ここまでそんなに進んでいないが、ずいぶん魔獣達が見送りに来るな」

『まだまだ見送りに来ているぞ。かなりの数の友人を作ったからな』

あのね、スノーラがローレンスさん達に、敬語をやめるように言ったんだ。これから一緒にいるかもしれないのに、ずっと敬語だとスノーラが堅苦しくて嫌だって。だからローレンスさん達は敬語をやめたよ。時々敬語になっちゃうけどね。

順調に森を進んでいく僕達、その間に何回も友達にバイバイして、何も問題が起きないまま夕方、ちょっと広い場所に出たから、今日はここで泊まることになりました。

ご飯を待つ間、ケビンさんがテントを張っていたから、僕達はそれのお手伝いをしました。

僕はケビンさんが紐《ひも》を結んでいる時に、その紐が動かないように押さえるお手伝い。ルリは反対側にいる人に紐を届けるお手伝いです。

でも紐を押さえるだけのお手伝いだったんだけど、これがけっこう大変で、かなり力が必要だったんだ。僕はしゃがんで踏ん張りながら紐を押さえて、最初の紐を届け終わったルリが、僕の隣に来て僕を応援。僕の隣で僕と同じような格好をして、顔をフンッ！

やっと一つ目の紐が結び終わって、次の紐のところに移動。またルリが紐を運んで、僕は紐を押さえてフンッ！　戻ってきたルリも応援でフンッ！

そうしたらちょうど見送りに来てくれた、ウサギに似ている魔獣達が、一緒に僕達を応援してくれて、みんなでフンッ！

その途端、近くにいた人達が笑い始めました。

どうしたの、みんな？　何か面白いものでもあるの？　紐が結び終わって立った僕達は周りをキョロキョロします。ちょっと遠くにいたローレンスさん達も笑っていたよ。

う～ん、何もないけどなぁ？

「いやだわ。こんなに野生の魔獣が、人と同じことをするなんて。しかもあんな可愛い姿」

『他の魔獣もレン達の真似をするぞ。我にはこれが普通なのだがな』

どうして笑っているのか分からないまま、僕達は三つのテントを張るお手伝いをしました。それでお手伝いが終わった時、ルリが言ったんだ。

『レン、ボク小さいテント欲しい』

「ちいしゃい？」

『うん。このテントは大きい。レンと一緒の小さなテント欲しい』

あっ、子供用のテントのことかな？　うん、それいいかも。でも……僕お金持ってない。それにローレンスさんのお家には行くけど、そういうお願い、あんまりしちゃダメな気がするし。スノーラに後で聞いてみようかな？

◇　◇　◇

和《なご》やかな雰囲気の一団を見て、俺は思わず舌打ちする。

そんな俺の背後では、部下達が小声で言い争っていた。

「おい！　何でいるんだ！　お前、奴らの調査は終わったと言ってただろう‼」

「ああ、確かに俺達は見た。奴らが街へ戻っていくのを。確認もしたんだ」

「じゃあ、なぜここにいるんだ！　しかも今度は奴自ら来ているじゃないか！」

「あれは確かにローレンス・サザーランドだ」

「どうしているかなんて、そんなこと分かるわけないだろう！」

「お前達静かにしろ。あいつから特別な秘薬を貰って飲んでいるからといって、この森は奴が――この国の初代国王が唯一契約していた、あの魔獣が守っていると言われる森なんだぞ。少しの騒ぎで気づかれたら元も子もない。今はあれを確認する方が先だ。効果が切れないうちに確認しに行くぞ」

まったく、何でここに奴が。早く移動していなければ危うく鉢合《はちあ》わせするところだった。顔しか見えないくらい離れているからよかったが。早くあの場所へ行き確認しなければ。

◇◇◇

テントを張り終わって夜のご飯を食べて、僕達は大きなテントに。今日一緒にテントで寝るのは、僕達とローレンスさんとフィオーナさん。他の人達はテントで寝たり、そのまま外でごろ寝をしたり。あとは見張りの人達も立ってくれるみたい。

「さぁ、そろそろ寝ましょうか。明日も朝早くに出発よ」

『おやすみなさい！』

「なしゃい！」

「はい、おやすみなさい」

「おやすみ」

みんなにおやすみなさいをしたら、薄い敷物に寝転がります。もちろんスノーラに寄りかかりながら。

うん、これで、すぐに寝られればよかったんだけどね。この日はなかなか眠れなくて。それはルリも一緒だったみたい。

最初は二人でゴロゴロしていたんだけど、あんまりゴロゴロしていたらスノーラが話しかけてきました。

『どうした、眠れないのか』

ちょうどいいと思った僕は、スノーラに小さいテントの話をします。そうしたらスノーラが、街だったら売っているかもしれないって。

『ああ、だが金が必要か。もし買えないなら、我が森で同じような素材を探してきて、それでテントのようなものを作ってやる。確かこれから行く街の近くの森に……』

その森に最近、人や獣人、それから魔獣さん達に危害を加える、とっても迷惑な魔獣の群れが住みついたんだって。名前はダークウルフ。

僕がこの世界に来るちょっと前に、別の森から移動してきて、スノーラが守っている森を通過。それで今向かっている街の近くの森に住み着いたみたい。

群れで行動して、出会った人も魔獣も誰でも襲うんだ。それはスノーラが守っていた森を通った時も一緒で、スノーラは何匹かダークウルフをやっつけたって。

だからもしテントを買えなかったら、そのダークウルフをやっつけて、その皮でテントを作ってくれるって。

「ダークウルフか。俺達も手を焼いているんだ」

ローレンスさんも起きてたみたいで、スノーラの話に反応しました。

『我も何十年と街へは行っていないが、あれはまだあるのだろう？　冒険者ギルドと商業ギルドだ。あいつと行動していた時はあったが』

「ああ、もちろん。前よりも使いやすくなった部分と、面倒になった部分があるがな」

『そうなのか？　まぁ、あるのならばそれでいい。よし、ローレンスの街へ着いたら行ってみよう』

小さいテントがあるかもしれない、それかスノーラが作ってくれるかもしれないって聞いて、ルリは喜んでステップを踏みます。僕も拍手。でも僕の拍手はテントのことだけじゃありませんでした。

今、冒険者ギルドや商業ギルドがあるって言った⁉　本と同じ感じかな？　小さい僕でも入れる？　本と同じ感じだったら、冒険者ギルドだと、何歳以上じゃないとダメみたいな決まりがあるよね。わぁ、早く見たいなぁ。

『おい、そのままはしゃいでいたら、本当に明日起きられなくなるぞ。はぁ、こんなこともあるかと持ってきていたんだ。さっそく使うことになるとは』

スノーラはため息をついて、とっても可愛い黄色の花を魔法で出しました。なかなか咲かない花だけど、たまたまいっぱい咲いていて、半分摘んで持って帰ってたんだ。このお花の匂いを嗅ぐと、ぐっすり眠れるんだって。しかも簡単に枯れないから、何回も使用できるんだ。

スノーラがテントの真ん中に花を置くと、すぐにとっても爽《さわ》やかな香りがテントの中を満たしました。それで僕達は、スノーラに寄りかかります。

スノーラの言った通り、すぐに気持ちが落ち着いてきて眠くなってきて、そしていつの間にか寝ちゃってました。

次の日、スノーラのおかげでぐっすり眠った僕とルリは、朝から元気いっぱい。朝ご飯を食べたら、すぐに街に向かって出発です。もちろんテントの片付けも僕達お手伝いしたよ。

出発する時、昨日バイバイした魔獣さんが、もう一度バイバイしに来てくれました。そしてローレンスさんの掛け声で出発です。

街に行く楽しみが増えたよ。テントに冒険者ギルドに商業ギルド。どのくらい本と一緒かな？全く違うものだったりして。

それに、街もどんな感じなんだろう。もしかして地球と同じでビルが建ってる？　う～ん、とっても楽しみ!!

◇　◇　◇

「おい……何で綺麗さっぱり魔法陣が消えてるのに小鳥がいないんだ！　お前ら!!　この前はあったって言ってただろうが！」

俺、ジャルガドは少し前にサザーランドの連中を見た場所から移動し、魔法陣を設置した花畑へやってきた。

そしてそこにあった光景を見て、部下の二人を殴《なぐ》り倒した。倒したと言っても、一人は向こうの木の方まで吹っ飛んだが。

この二人は約一ヶ月前に、俺達のチームに入った新人だ。それなりに動いていたから、この場所の魔法陣の定期的な確認を任せていた。

魔法陣を張って以来、数回にわたって確認しに来ていたはずだが……やはり誰かを付けるべきだったか。

「おい、奴らを縛り上げろ。後で詳しく話を聞く」

部下の一人であるタノリーが、気を失っている二人の元へ行き、魔法のかかっている縄で素早く縛り上げる。これで奴らは気がつき逃げようとしても、魔法で縄を切ることはできない。

「リーダー、見てください」

魔法陣について一番詳しいビケットに呼ばれた。

ビケットによると、魔法陣は一応発動したはずだと。しかし何かの力が加わり、呪いをかけきる前に魔法陣が無効化させられたようだ。

おいおい、魔法陣が発動したなら、小鳥は多少なりとも呪いにかかっているはずだろう。それならそれで、なんで近くに小鳥の姿がないんだ？

この魔法陣は作られたばかりの特別なもので、設定した対象が触れると、動けなくなる呪いが発動する。魔法陣から対象へと呪いの魔力が移動しきると、魔法陣は消滅するようになっている。

また、隠蔽《いんぺい》能力が高いため、設置されている時は魔獣には見つからないし、存在に気付かれないため消すこともできない。

……そう俺達に教えたのは、ある貴族の男。そして魔法陣を作ったのは、そいつが連れていた魔法師だった。

奴らはある日突然俺達のところへ、仕事があると話を持ちかけてきたのだ。

曰《いわ》く、あの魔獣が守る森に、瑠璃色の小鳥がいて、彼らの用意した道具を使えば簡単に捕まえられると。

最初その話を聞いた時、どうにも信じることができず断ったのだが……

「試してみればいい」

成功した場合、その戦利品は全て俺達が好きにしていいと言われたこともあり、別の森で魔法陣を試すことにした。

魔法師から特別な魔法陣と、誰にも気配を気づかれない、そう、あの魔獣にも気づかれない秘薬を与えられ、俺達は近くにあった、ペガサスがいる森へと入った。

狙いはペガサスの子供だ。貴族の男に他と毛色の違う子ペガサスがいると情報を与えられ、その子供を捕まえることにしたのである。

だがペガサス達は警戒心《けいかいしん》が強い。森に入った途端、俺達の気配は気づかれてしまう。

そこでこの秘薬の出番だった。気配が完全に消えるというものだったが、そんなことがあるのか？　と、警戒しながらそれを飲み森に入る。

そして子ペガサスがよく来ると言われていた場所へ例の魔法陣を仕掛けると、俺達はそのまま森で見張ることにした。

結果、子ペガサスはあっさりと罠にかかって、動かなくなった。

陰《かげ》からそれを見ていた俺達は、子ペガサスをすぐに捕まえ、また最後まで他のペガサス達に気づかれることなく、森から出ることができた。

魔法陣は端から消え始めていたので、痕跡《こんせき》も残っていないはずだ。

特製の魔法陣に秘薬。これさえあれば、今後楽に仕事ができる。すぐに俺は貴族の男に連絡を取った。

ところがだ、やはり問題があった。

魔法陣を描くのに使う特別な鉱石も、秘薬に使う薬草も、とても珍しいものですぐには作れないのだと。そして今は、例の小鳥を捕まえるだけの量しかないと言うのだ。

「なに、今回お前達が小鳥を捕まえてくるのなら、また用意ができ次第、回してやろう」

「どこまで話を信じろと？　俺達が裏切らないとも限らないんだぜ」

「こんなに楽をして、貴重な獲物《えもの》を捕らえることができる。そんなものを、お前達のような者が、手放すわけがない。そうだろう？」

悔しいが貴族の言う通りでもあった。

それから数日、俺達は話し合いをした結果、貴族の男の話に乗ることにした。

そして貴族の男の依頼で、この森へあの鳥を捕まえに来たのだ。瑠璃色の鳥を。

魔法陣を仕掛けた俺達は、秘薬の量的にもずっとここにいるわけにもいかないので、定期的に確認に来るようにしていた。

……が、結果はこれだ。

魔法陣は消え、仕掛けた場所には何も残っていなかった。

魔法陣が途中で無効化されたという話だが、あの忌々《いまいま》しい、この森を守る魔獣に見つかったのだとしたら、魔法師に聞かされていた『見つからない』という言葉が嘘だったということになる。

いずれにしても大問題だ。貴族の男との関係、俺達の今後に関わる大問題。

「おい、もう少し調べたら、すぐに森から出るぞ」

まったく、何だってこうも色々なことが重なるのか。簡単な金儲《かねもう》けのはずが。

◇　◇　◇

そんなこんなで、順調に森の中を進んだ僕達。

スノーラが言っていた通り、ローレンスさん達が来た時よりも早く、森の最後に泊まる場所に着きました。

ここから少し行くと細い道に出て、そこを抜けると大きな道に出るの。その大きな道をずっと、いくつかの街に寄りながら進んでいくと、ローレンスさんが暮らしている街に着くんだよ。

テントを作り終えると、ローレンスさんとフィオーナさんが声をかけてくれました。

「さぁ、明日からは私達以外に、たくさんの人や獣人に出会うだろう。驚いてしまうかもしれないが、私達がいるから大丈夫。何か気になることがあったらすぐに聞きなさい」

「具合が悪くなったらすぐに教えてね。馬車で気持ち悪くなる人、けっこういるのよね。変な揺れ方をするから」

僕達は明日からは馬車で移動、初めての馬車がちょっと心配でした。外を眺めていれば、初めてのものばっかりだろうからそっちが気になって、揺れとか気にならないかもしれないけど。

でもあんまり人が多い時は、外は見ない方がいいって。なぜかというと、この前話していたやつ、目立って大変なことになるかもしれないから。

ローレンスさんの街では、自由に行動できるようになるといいなぁ。

「それと、森では魔獣達がお別れに来ていたし、私達にも慣れてもらおうと思って出さなかったのだが。遅くなってしまったが、私達からプレゼントがあるんだ。馬車で退屈しないようにな」

え？　何々？　いきなりどうしたの？

スノーラが僕達に並べって言うから、僕とルリはローレンスさん達の前にピシッと並びます。

「私からは絵本よ」

フィオーナさんが差し出してきた、二冊の絵本を二人で受け取ります。ルリは絵本の端っこを上手に掴んでいたよ。

でもありがとうの後、ルリは、『これなぁに？』って。フィオーナさんが絵本の説明をしてくれて、それを聞いたルリは絵本に興味津々《きょうみしんしん》。

ローレンスさんからもプレゼントがあるから、スノーラが絵本を持っていてくれるって言ったんだけど、ルリはなかなか離れようとしなくて、ちょっと大変でした。

なんとかルリが絵本から離れると、また二人でピシっと並びます。

「私からはこれだ」

ローレンスさんがそう言ってぬいぐるみを出しました。お友達になったリスさん魔獣そっくりなのが二つ、僕の顔くらいの大きさなものと、ルリよりちょっと大きめのものです。

「お揃《そろ》いの方がいいかと思ってね」

可愛いぃ！　そっくり!!　みんなとお別れしてちょっと寂しかったから、僕とっても嬉しいよ！

ルリは絵本と同じように、最初どういうものか分かってなかったけど、またまた説明を聞いて、ぬいぐるみを持ったまま僕達の周りを飛び回ります。

『二人とも、喜んでいないで、もう一度ちゃんとお礼を言え』

「ありがちょ!!」

『ありがとう‼』

僕達は絵本とぬいぐるみを持って、すぐにテントの中に。その日は少し絵本とぬいぐるみで遊んだあと、森での最後の生活を楽しんだよ。

本当はもっと遊びたかったんだけど、最後の森の日だったからね。ぬいぐるみとかはこれからもいっぱい遊べるし。

そして次の日、いよいよ今日から馬車で移動です。ローレンスさんとフィオーナさん、それから僕達が馬車に乗りました。

馬車の中はとっても綺麗で、椅子はふかふか、クッションもふかふか。床も絨毯《じゅうたん》が敷いてあってふかふか、カーテンもゴージャスでした。

僕は酔わないようにって、進行方向を向いて椅子に座って、隣にスノーラが人型で座ったよ。

ローレンスさんが窓から「出発するぞ」って声をかけると、ちょっとだけ揺れて馬車が動き始めました。思わずルリと一緒に変な声を上げげちゃったよ。

「にによぉぉぉぉ！」

『ぬにょぉぉぉぉ！』

「何だその声は、驚いているのか、嬉しいのかどっちなんだ？」

僕達の顔見てよ。どっちもだよ。

スノーラが呆《あき》れていると、ローレンスさんとフィオーナさんが微笑《ほほえ》んでいました。

「そういえばあの子達も初めての時、変な喜び方をしていたわね」

「そうだったな。懐かしいな」

僕とルリはニコニコです。初めての馬車、話に聞いていたよりもあまり揺れている感じがしません。もちろんちょっとは揺れるけど、でも今ぐらいだったら大丈夫。

すぐにローレンスさんが窓を開けてくれて、僕達は遠くなっていく森を見ながら進んでいきます。

少しして急に木がなくなってきました。そして……

「さぁ、この細い道を抜けたら、大きな街道に出るぞ」

いよいよ大きな街道に。ローレンスさんが窓に手を伸ばします。

もう外見るの終わり？　少ししか進んでいないのに。僕もルリもしょんぼりです。

「ふふ、二人共、そんなにしょんぼりしなくて大丈夫よ。まだ完全に窓を閉めるわけじゃないわ」

フィオーナさんがそう言う隣で、ローレンスさんが窓をガタガタ。そうしたら窓が、木の窓と透明な窓に分かれて、透明な方だけ閉まりました。

なんだ、二重窓になっていたんだ。僕は窓をちょんと触ってみました。そうしたらガラスと同じ感触が。この世界にもガラスがあったんだね。

そんなことをしているうちに、馬車はついに大きな街道に出ました。まだこの辺は人の行き来が少ないから、完全に窓を閉めなくていいんだって。

道に出た途端、僕はこの世界に来て初めて、ローレンスさん達以外の、たくさんの人を見ることになりました。

人だけじゃないよ。まだ見たことのない魔獣さんや、その魔獣さんに乗って移動している人達、荷物を運んでもらっている人達。色々な人達と魔獣さん達がいました。

人の行き来が少ないって言ったけど、たくさんいるよ！

僕とルリは、窓にペタッと張り付きます。そしてどんどんスノーラに質問。

隣を歩いている魔獣さんの種類を聞いたり、あっちの魔獣さんは何をしているのか聞いたり、あの人が持っているカッコいい杖は魔法の杖なのか聞いたり。

「お前達、初めてだらけで気になって騒ぐのは分かるが、今からそれでは……」

「しゅにょー、あのちと、にゃにもっちぇるの？」

『スノーラ、その魔獣、変な洋服着てるよ。何で？』

「はぁ、これは当分止まらないな」

『ねぇ！』

「しゅにょー！」

「はぁ……」

外を見ながらどんどん馬車は進んで、最初に寄ったのは小さな小さな街。

それでも僕とルリには初めての街で、馬車から降りた途端に走り出そうとする僕達を、スノーラが止めました。

そしてルリはスノーラの洋服のポケットに、顔だけ出す感じで入って、僕はしっかり洋服を掴まれました。

ルリは珍しいから、今はまだ隠れていないといけないみたい。頭くらいなら出してもいいってことらしい。それに僕だけが街の中を歩き回るのはダメだって。まぁそうだよね。

キョロキョロ周りを見る僕。ポケットの中でルリもキョロキョロ。

街の建物はみんな木やレンガでできていて、大きさも形も色々。家が半分に割れているような建物もあって、そういう建物は物を売っているお店が多かったです。イメージ的には……日本の商店街のお店みたいな？　もちろん普通のお店もあるよ。

そして一軒のちょっと大きめな家の前に着いた僕達。今日のお昼ご飯は、そのお店で食べるんだって。

一緒に食べるのは、ローレンスさん、フィオーナさん、ケビンさん、アンジェさん。騎士さん達は好きなお店でご飯みたい。

「ここは私が調査に出た時に、よく寄るお店なんだ。個室があるからな、ここならルリをポケットから出しても大丈夫だ。ルリ用の、魔獣用のご飯もあるぞ」

『やった！　ルリのご飯!!』

お店に入るとすぐに、ちょっと太っているおばさんが寄ってきて、ローレンスさん達を見ると二階の部屋に案内してくれました。ローレンスさんが言っていた通り個室で、でも八人は座れるくらいの部屋です。

ローレンスさん達が椅子に座ったら、おばさんが大きな脚の長い椅子——子供用のやつを持ってきてくれて、僕はその椅子に座ります。そしてローレンスさんが何を食べていいか分からないだろうからって、僕達のご飯を注文してくれました。もちろんルリのご飯も。

注文を聞き終えると、部屋から出て行くおばさん。おばさんがいる間にルリはポケットから出たんだけど、おばさんはニコって笑うだけで、何も言わなかったよ。

「彼女は昔冒険者をしていてね。珍しい魔獣には慣れているし、そういう魔獣を保護する活動もしていたんだ。だからルリを見ても驚かないんだよ」

冒険者!! 冒険者ギルドに続いて冒険者って言葉が。そりゃあ冒険者ギルドがあるんだから、冒険者がいるのは当たり前だけど。

でも、初めての冒険者さんです。エプロンをつけていて、イメージの冒険者とは違うけど……昔やってたって話だから、当然かも。

料理はそんなに待たずに運ばれてきました。僕の前には大きなお皿に、サンドイッチが一個、ハンバーグみたいなものが一個、それからスパゲッティみたいなものが少し。あとはゼリーっぽいものが載っていて、ハンバーグみたいなものには旗が刺さっていたよ。

うん! これは完璧なお子様ランチだね。

ルリは僕のちょっと横、テーブルに乗っていたんだけど、ルリの前にもお皿が。ステーキが載っていて、木の実と果物も載っていました。ステーキには僕と同じ旗が。僕とルリは顔を見合わせてニッコリです。

そしてスノーラの前には、僕の顔と同じくらいの大きなお肉の塊がドドンッ！　って。しかも五個も。ローレンスさん達の前には、同じお肉の塊が一つずつ。あとはスープ。

フィオーナさんもアンジェさんも食べられるの？　ローレンスさんやケビンさんは食べられるかもしれないけど。

そう思いながら、いただきますをして食べ出す僕達。とっても美味しいご飯で、みんな見たことがあるようなものだったから、初めてだったけど、気にしないで食べることができました。

美味しくて完食。食べ終わって横を向くと、みんなのお皿の上にはもう何も残っていませんでした。それどころか、フィオーナさんとアンジェさんの前には、ケーキらしきものが五個。それを平気な顔をしてパクパク。

……あれだけ大きなお肉を食べて、まだ食べられるの？

僕もルリも、じっと二人を見ちゃったよ。

そんな僕達を見ていたローレンスさんが、クスクス笑いながら僕達の方へ。スノーラが「我が浄化するからいい」って言ったんだけど、ローレンスさんは自分がやりたいって。

何かと思ったら、僕の顔もルリの顔も、タレでベトベト。お化粧《けしょう》したみたいになっていたみたい。

ローレンスさんがハンカチで優しく拭《ふ》いてくれます。

「こんなことをしたのは何年ぶりか。うちの息子達の小さい頃を思い出すよ」

ローレンスさん、息子さんがいるんだね。しかも一人じゃないみたい。

これからローレンスさんのお家に行くけど、僕達大丈夫かな？　何で来たって言われたらどうしよう。ローレンスさんもフィオーナさんもみんな優しいから、大丈夫だよね？

フィオーナさん達がケーキを食べ終わってから、僕達は馬車に戻ります。ハンバーグとお肉に付いていた旗を振りながら。ルリもポケットの中、咥えた旗をふりふり。

馬車に乗ったらさっそく窓に張り付きます。外の様子が見たいからね。

それでね、馬車のところへ戻ってくる騎士さん達を見ていたんだけど……みんな窓の前を通ると笑うんだ。どうしたのかな？　ってルリと話していたら、馬車の扉を叩く音が。

ローレンスさんが返事をするとスチュアートさんが扉を開けて、少し困った顔で僕とルリを見て言いました。

「失礼します。レン様、それにルリも、少し窓から離れてもらってもいいですか？」

窓から離れる？　どうして？　僕達窓から外見ているだけだよ？

「そうですね、見れば分かるかと。レン様とルリは今まで通りに見ていてください」

そう言うとスチュアートさんは、みんなを連れて窓の方に移動。

僕達はそのまま窓に張り付いて外を見ていて……窓のところにきたスノーラとローレンスさん達がこっちを見た途端、笑い始めました。

笑いながら戻ってきたスノーラ。それで「一人ずつ外に出て見てみろ」って。

最初に僕が馬車から下りて、外から窓を見ると……顔もお羽もビシャッて窓にくっ付いて、外を見ているルリの姿がありました。

こう、ほっぺも窓に押し付けて、小さいクチバシはちょっとだけ口を開いて、鼻をふんふんして。体全体がビシャッと窓に張り付いています。うん、面白い。

今度はルリと交代。僕が窓に張り付いてルリが外から僕を見て。すぐに戻ってきたルリは、ほっぺもお鼻もおでこも、それから両方の手のひらもビシャッと窓に付けていて、面白い顔になっていたって。

う〜ん、自分の顔は見られないからなぁ。なんとかできない？　僕、ルリと一緒のところ見てみたいんだけど。

なんて思っていたら、外にいたフィオーナさんに、スノーラが何かをお話しています。

そうしたらフィオーナさんが、カバンの中から四角いものを取り出して、外からこっちにそれを向けてきました。

「かお、ぺちゃ！」

『レンとルリ一緒！　面白い！』

フィオーナさんが持っていたものは鏡でした。

そしてその鏡に映った僕達の顔は、一人の時よりもとっても面白かったよ。それに、やっぱり僕もルリもそっくりだったんだ。

僕達が笑っている間に、馬車の中に戻ってきたローレンスさん達。

さっきから僕達の前を通る度に笑っていた騎士さん達は、僕達のビシャ顔を見て笑っていたって教えてもらいました。

面白い顔や可愛い顔はいいんだけど、それだと目立つから、少しだけ窓から離れようって。

可愛い？　面白い顔、僕もルリも気に入ったからちょっと残念。でも僕達が街に慣れるまでは我慢だよね。目立つのはダメ。

「あんなに真剣な目をしてるのに、変な顔になっていて。本当にレンとルリちゃんは、色々なところがそっくりね」

「いや、笑った笑った」

フィオーナさんもローレンスさんも楽しそうだから、まぁいっか。

それから騎士さん達が全員戻ってきて、次の街へ向かって出発！

今日泊まる宿がある街は、今の街よりも大きい街で、夕方頃着くみたいです。

言われた通り、窓から離れて外を見る僕達。でもお昼を全部食べてお腹いっぱいだったから、だんだんと眠くなってきちゃって、途中でいつの間にか寝ちゃっていました。

そして起きた時、僕達は魔獣姿のスノーラに寄りかかっていました。

『よく寝ていたな。もうすぐ街に着くぞ。そろそろ起こそうと思っていた頃だ』

そう言われて慌てて起きた僕達。急いでカーテンを開けてもらったら、もう夕方になっていました。そして窓から見える範囲には、今まで一番人も魔獣もたくさん歩いていて。

そしてちょっと見えにくいんだけど、進んでいる方向に大きな何かがありました。

「なんかありりゅ」

『大きいの』

「ああ、壁が見えてきたか？」

ローレンスさんが説明してくれたんだけど、あの大きく見えるものは、街を守っている壁だって。

お昼の街はそんなに大きな街じゃなかったから、柵《さく》はあったんだけど壁まではなかったんだよね。

今度は大きい街だから、石の壁で街を囲んで、街を守っているんだって。

「そうだわ。街へ入る前に、ルリちゃんにお願いがあるのよ。いいかしら」

お願いって何だろう？　ルリがフィオーナさんの前に座ります。

フィオーナさんのお願いは大切なことだったよ。もう少し進んで街に入る前になったら、スノーラのポケットに、頭まで完全に隠れていてほしいんだって。

大きな街に入る前には、荷物検査や人物確認があって、街にとってふさわしくない人達が、街に入らないようにチェックしているみたい。そのチェックを受けるのはローレンスさんみたいな偉い人も同じ。

だからそのチェックの時にルリが出ていると、色々聞かれちゃうかもしれないから、ルリに大人しく隠れていてほしいんだって。

『ルリ隠れる！　静かにしてる！』

ルリはスノーラのポケットに潜り込んで、そのまま全身を隠しました。

「上手よ、ルリちゃん。今は一旦出ていても大丈夫だから、後で隠れてね」

「あとは一応レンとスノーラの書類だが。ここへ来るまでに作成しておいたから、安心してほしい。私の屋敷に着いたら、すぐに正式な書類を用意しよう」

『それはあいつの時にもあったものと同じか？』

「そうだ。内容は少し変わっているが」

書類？　どんなことが書いてあるのかな？　でも聞いても分からないかな。

どんどん壁が近づいてきます。そして壁の前まで来ると、僕もルリも見上げてた首がグイってなっちゃいました。思っていたよりも大きな壁だったんだ。

「さぁルリちゃん、ポケットに入ってくれるかしら」

『うん‼』

すぐにルリが、スノーラのポケットに入ります。僕も外を見るのをやめて、スノーラの隣にしっかり座りました。ローレンスさんがカーテンをシュッて閉めます。

カーテンを閉める前に見たんだけど、街の壁に向かって長い列ができていました。その列は、街に入るために検査を待っている人達の列なんだって。

凄く長い列で、途中途中に騎士さん達も立っていて、列がぐちゃぐちゃにならないようにしていました。

「れちゅ、にゃがい」

僕がそう言ったらフィオーナさんが、もっと大きな街、例えばローレンスさんの街だと、もっと長い列が三列もあるって教えてくれました。

その長い列が夜、街の門が閉められるまでずっと続くの。門が閉まるまでに街の中に入れない人達は、みんなまとまって街の外で朝まで待つみたい。ちゃんと待つ場所もあるから大丈夫なんだって。

「私達は一般の入口ではなく、私達用の入口があるから、向こうよりも早く街の中に入れるぞ」

ローレンスさん達用？

不思議に思っていると、少しして馬車が止まりました。それからはちょっとずつ馬車が進んで。見えないから分からないけど、たぶんローレンスさんが言っていた、ローレンスさん達用の列に並んだんだね。

それからまた少しして、外から声が聞こえてきました。書類を拝見しますとか、ここへ来た目的は？　とか。色々聞いている声だよ。

そしてまた少しすると、今度は外から、ケビンさんの声が。次が僕達の番だって。

それを聞いてスノーラのポケットに入っていたルリが、ピタッと動きを止めます。僕は初めての検査でドキドキして、スノーラの洋服を握《にぎ》りました。そしたらスノーラが僕の頭を撫でてくれたよ。

「大丈夫だ。昔と変わらなければすぐに終わる」

そしていよいよ僕達の番です。

馬車のドアが開いて、二人の騎士さんが中を覗いてきました。

そしてローレンスさん達にお辞儀《じぎ》をすると、ローレンスさんから書類を受け取って、確認する騎士さん達。三枚目の書類を見た時、僕達の方を向きました。

「お名前は？」

「りぇん！」

「ああ、今のはレンと言ったのだ」

スノーラがそう言うと、騎士さんはニコッと笑って、今度はスノーラに名前を聞きます。それで
「確認しました」って書類を戻してきて、最初みたいにまた挨拶をしてドアを閉めました。

「検査はこれで終わりだ。荷物検査はこれからだけど、そっちもすぐに終わるだろう」

ローレンスさんがそう言うので、僕は驚きました。

え？　これで終わり？　もっと色々聞かれたり、馬車の中を調べたりするのかと思っていたよ。

こんなに簡単な検査でいいのかな？

フィオーナさんが、ルリにもう外に出ていいって言って、すぐにルリがポケットから出てきました。

それから馬車が動き始めると、ローレンスさんが少しだけカーテンを開けてくれます。人が多いからあんまりルリが他の人に見られないようにね。

「きりゃきりゃ!!」

『ピカピカ！』

街に入った時にはかなり暗くなっていて、街の中はキラキラ、ピカピカに光り輝いていたよ。人も魔獣さん達もいっぱい、大きな建物もいっぱいでした。

あっ！　冒険者ギルドはどこだろう。お昼を食べた街では、冒険者ギルドを見るのを忘れていたな。

そのことを言うと、フィオーナさんが「あら、レン達も見たはずよ、教えてあげればよかったわね」って言ったんだ。

あのね、小さい街にある冒険者ギルドは、大体が小さい建物で、普通の一軒家に見えるみたい。しかも僕は冒険者ギルドのマークを知らなかったから、外を見ていたはずなのに、気づかないで通り過ぎちゃったらしいんだ。

この街の冒険者ギルドは、ローレンスさんの街よりも小さいけど、それなりに大きいから、僕でもハッキリ冒険者ギルドって分かるはずって教えてくれたよ。

「ぼうけんちゃ、どこ？」

『ギルドどこ？』

「もう少し行ったところだよ。今の時間なら、かなり冒険者達が集まっているはずだが……と、もしかしたら……」

「そういえば忘れていたわね。もしあれなら、あまりレン達に見せたくないわね」

「私が確認しよう。もしダメそうなら、レン達には明日見せてあげるよ」

え？　どういうこと？　僕達すぐに冒険者ギルド見たいのに。

ローレンスさんは僕達と一緒に窓から外を見ます。そして少しすると、とっても嫌そうな顔をして、ため息とともに頭を横に振りました。

「ダメだな。今日はレン達に見せるのはやめておこう」

そう言って、カーテンまで閉めちゃったんだ。

「え〜」

『何でぇ〜!?』

僕もルリもぷんぷん怒ります。

でもそんな怒っている僕達の声に重なるように、外が騒がしくなってきて。そしてその騒ぎがだんだん近づいてくると——

ガッシャアアアン!!　バリバリバリッ!!

いきなり馬車の近くで大きな音がしたんだ。僕もルリもビックリして、スノーラにしがみ付きました。そして次に聞こえてきたのは、人の争う声。

「ふざけんじゃねぇ!!　てめぇ、喧嘩売ってんのか!!」

「そっちこそ、大した成果も出してないのに、ずいぶんな威張《いば》りようじゃないか!!」

「お前なんて、この前ランクが下がったばっかりじゃねぇか！　ふん、それでよく他の連中にアドバイスなんてしてるな」

「何だと!!」

それからまた大きな音がして、次に聞こえてきたのは――

「やれやれ!!」

「おい、どっちに賭ける？」

「俺はあの大男の方だ!!」

何か面白がっているような声でした。

一体何が起こっているの？　僕とルリは最初怖がっていたけど、だんだん何をしているのか気になってきました。

ルリが僕の頭に乗って、僕はスノーラの洋服を掴んだまま窓の方に。そしてそっとカーテンを開けようとしました。

でもすぐにフィオーナさんに止められちゃったんだ。

「まったく、まだ夜になったばかりなのに、もう酔っ払っているのだから。あんな冒険者達、レン達には見せられないわ」

「ここの冒険者ギルドは、素行《そこう》の悪い冒険者が多いからな。下手したら朝から仕事もせずに、酒を飲んでいる奴らばかりだ」

「そういうところも、昔と変わっていないのだな。あいつも夜中騒ぎすぎて連行されていた」

「騒ぎ方にも色々あるからね。というかあの方も連行されたのか⁉」

「ああ、酔っ払っている時に絡まれると、そんな奴放っておけばいいのに喧嘩を買ってな。酔いがさめるまで、仲間と一緒に冒険者ギルドの地下に入れられていたぞ」

ああ、そういうこと。

どうも酔っぱらいの喧嘩と、それに便乗して騒いでいる人達みたい。

これも本で読んだことあるよ。ギルドと酒場が一緒になっていて、誰でも彼でも絡んでは喧嘩するっていうシーン。

でも確かに、最初の冒険者ギルドがこれじゃあね。こう、しっかりとした冒険者の人達が集まっていて依頼を受けている、これぞ冒険者ギルドっていうのがいいよ。フィオーナさん達が止めてくれてよかったぁ。

それからも騒いでいる声、喧嘩している音は続いていたけど、馬車が遠ざかるにつれて静かになってきて、最後には賑《にぎ》やかな街の音しか聞こえなくなりました。

あ〜あ、せっかく初めての冒険者ギルドだったのに。

「二人共、明日出発する時には見られるはずだから少し我慢な。ただこの辺に……」

ローレンスさんが少しだけカーテンを開けてくれます。

「ああ、ちょうどだったな。ほら、ここが商業ギルドの建物だ。薬草と小瓶《こびん》の絵が描いてある看板があるだろう？」

バッ‼　と僕とルリの二人で窓に張り付きそうになって、でも昼間のことを思い出して、手だけ窓に付けて、外を覗きました。

すると目の前には大きな看板があって、ローレンスさんの言った通り、薬草と小瓶の絵が描いてあります。建物は三階建で、全体的に薄い緑色でした。

あっ、中から誰か出てきた！

……ん？　なんで上半身裸《はだか》なの？　だけどベルトみたいなものだけつけてて、背中に大きな剣を背負っています。変な人だね。

上半身裸の男の人が、僕達の馬車の横を通り過ぎようとしました。男の人はとっても体が大きくて、歩くのもとっても速くて。僕達の馬車にすぐに追いついたんだ。

その時後ろの方から誰かが誰かを呼ぶ声が聞こえて、上半身裸の男の人が振り返ります。見ていたら女の人が追いかけてきたけど、確か今、リーダーって言っていたような。追いついた女の人は、とっても怒っていたよ。

「リーダー。あれほど商業ギルドに入る時は、服を着てくださいって言ったじゃないですか。後で文句を言われるのは私達なんですよ！」

「わりぃ、わりぃ。すっかり忘れててな、冒険者ギルドじゃ何も言われねぇからよ。受付のネェちゃんにも注意されたぜ。ガハハハハッ!!」

「笑い事じゃありません！」

やっぱりあの格好って、この世界でも変だったんだ。でも、商業ギルドはダメで、冒険者ギルドはいいの？　何で？

首を傾げていると、ローレンスさんとフィオーナさんがため息をつきます。

「あいつ、この前うちの街でも、あの格好で商業ギルドに来てたな」

「それぞれギルドには決まりがあるのだから、しっかり守ってもらわないと」

それから二人が話していたことを聞いていたんだけど。

どうも商業ギルドの方は、偉い人達と商談することが多いから、みんなしっかり服を着てこないといけないって、ルールがあるみたい。

でも冒険者ギルドの方は、魔獣と戦ったり、時には人や獣人と戦ったり。自分が一番戦いやすい格好をしていないと、全力を出せないでやられる可能性もあるから、服装は自由なの。男の人はあの格好で商業ギルドに入ったから怒られたんだね。

ふと見ると、ルリが男の人を見ながら蹴《け》りを入れていました。

女の人が怒って蹴りを入れているのを見て、それを真似していたみたい。

だけどその時、馬車が突然ガタッと揺れて、ちょうど蹴りで片足上げていたルリはおっとっと。

向こうまでケンケンで進んじゃいました。

◇　◇　◇

「ちっ、奴らと一緒の街か」

俺、ジャガルガは舌打ちをすると、ゴザックに今日の宿を見つけてくるように言いつけた。

この様子だとこれから先、寄る所寄る所、サザーランドの奴らと同じになりそうだな。

まぁ、俺達の目的地が奴らが治めている街、ルストルニアだから仕方ないことではあるが。

しかしあの子供は何だ？　奴らのところにあんなチビがいるなんて話は聞いていないが。

外に出る時は毎回その子供を守るようにしているせいで、どんな子供かまでは分からんが……どうも気になる。

だが、まずは例の鳥の件をどうするか考えなければ。

もちろん報告はするさ。魔法陣は発動したようだが無効化されていたと、そのままな。

大体、魔法陣はあいつのところの魔法師が俺達に教えてきたもの。俺達が原因で消えたのでなければ、責任はあいつらにある。

それに俺達には二、三週間後、あれの取引が待っている。

……そう、捕まえたペガサスの子供だ。

今は特別なケージに入れて、探しに来るであろうペガサス達から見つからないようにしてある。

取り引き場所は、サザーランドの治めている街だ。見つからないように、慎重《しんちょう》に事を進めなければ。

「リーダー、宿が見つかった」

「よし、今日は解散だ。いいか、目立つことはするなよ」

◇　◇　◇

「さぁ、宿に着いた」

上半身裸の男の人を見ているうちに、商業ギルドから離れちゃった僕達。

その後すぐに、今日泊まる宿に着きました。四階建てで、中は本で見た異世界の宿って感じだよ。

それからこの宿は、魔獣さんも一緒に泊まることができるみたい。というか、この宿じゃなくても、ほとんどの宿が魔獣も泊まれるんだって。

もっとも、部屋に入る大きさの魔獣だけだけどね。そりゃあ、来る時に見た、大きなウシの魔獣さんや、サイをもっと大きくしたような魔獣さんとかは無理だよね。

そういう大きな魔獣さんは、ゆっくり休める場所を宿の裏に用意してあったり、魔獣さん達を預かる仕事をしている人達にお願いしたりするんだって。その場合でもちゃんとご飯も用意してくれて、体を洗ったりマッサージしたり、魔獣さんのケアもバッチリです。

宿のおばさんが、僕達を部屋まで案内してくれます。僕達の部屋は、一番上の階みたい。

スノーラが抱っこしてくれようとしたけど、僕は一段ずつ階段を上っていきます。自分でできることはやらないと。

よいしょ、よいしょ。

足が短いせいで一段ずつゆっくりしか上れないし、ここの階段、一段が高くない？　そのせいで、五段目で既に凄く疲れてるっていう。でも頑張って、最初の一階部分の階段を上り終えました。

ふと下を見ると、宿に来ていた人達が僕の方を見ていて、うんうんって感じの顔をしていたよ。何？

「レン、もう一階分上ったら、我が抱っこしてやろう。お前が全て上り終える前に、朝が来そうだからな」

スノーラがそう提案してくれます。

う〜ん、本当は頑張ろうと思っていたんだけど、一階分だけでかなり疲れちゃったし、ローレンスさん達を待たせちゃダメだもんね。

僕は頷いて、また階段を上り始めます。そして三階まで全部上った時には、僕はすっかり息を切らしていました。

それから最後の一階分は、スノーラに抱っこしてもらって上ります。

四階には部屋が二部屋あるんだけど、一部屋が広くできていて、ローレンスさん達みたいな身分の高い人達が泊まる用の部屋なんだ。

中はまさにホテルって感じで、しかも部屋の中のドアで、隣の部屋に行き来できるようになっていました。今日は二部屋とも、ローレンスさんが借りたよ。

夜のご飯はお部屋に持ってきてくれるから、ルリもゆっくり食べられます。

というわけで、すぐにポケットから出てきたルリ。自由に遊んでいていいって言われたから、お部屋の探検をすることにしました。

まずは中のドアを開けて、隣の部屋を見てみます。

両方の部屋にベッドがあって、僕達はこっちのお部屋で寝るってフィオーナさんが教えてくれました。

寝室には、大きなベッドが二つ。僕達は一つのベッドで充分だね。あとはクローゼットとかテーブルとか。うん、やっぱりいいホテルって感じ。

それからも色々見ていると、少しして宿のおばさんとアンジェさん達が、ご飯を運んできてくれました。

今日の夜のご飯は、僕はスパゲッティとサラダ、それから小さなケーキ。スパゲッティはトマトの匂いがしたからたぶんトマトスパゲッティ。

ローレンスさん達は、お昼とは違うけどまた大きなお肉の塊と、サラダとかは僕と一緒だったよ。

あとは、ぐつぐつ煮立ったお皿が真ん中に置かれました。

フィオーナさんが僕の洋服の襟のところにハンカチを付けてくれて、スパゲッティを小皿に取ってくれました。それからアンジェさんが、真ん中に置かれたお皿の中身をみんなに取り分けてくれます。

あの色とこの匂い、もしかして……

僕は物凄く気になったんだけど、フィオーナさんが「こっちのお皿の中身はまだ熱いから、もう少ししてからレンの前に置いてあげるわね」って言うから、まだおあずけです。

いただきますをして、すぐにみんなが食べ始めました。

あっちのお皿も気になるけど、スパゲッティから食べ始めます。ルリも一緒にね。

スパゲッティを半分くらい食べ終わった頃、やっとフィオーナさんが、さっきのぐつぐつしたお皿の中身を僕の前に置いてくれました。

そしてそれは、僕の予想していた通り――グラタンだったんだ！　しかもチーズたっぷりのね。

なんだか懐かしい気持ちで、僕はスプーンを持ちます。

フィオーナさんが「冷めてるとは思うけど、それでも気をつけてね」って何度も言うから、スプーンですくって、ふぅふぅ、って冷まして、ルリ用にお皿の端っこにも分けてあげて……もういいかな？

――ぱくっ‼

僕とルリは、思いきり食べました。

その瞬間、僕もルリもバタバタです。

一応ふぅふぅしたから大丈夫だと思ったんだけど、口の中と唇《くちびる》に付いたところが大変なことに。

「あ、あちゅ!?」

「ぴにゃあぁぁぁ!?」

「た、大変!? あなた、お水を、それからタオルも！」

「あ、ああ！」

水を渡されて急いで飲む僕と、顔をコップに突っ込むルリ。熱さはどうにかおさまったんだけど、でも今度は……

「い、いちゃ、いちゃい……ふぇぇ」

『痛い、口痛い！』

痛みが襲ってきて、僕は涙がポロポロ、ルリもクチバシを押さえてゴロゴロ。

「何をやっているんだ、ほら見せてみろ。すぐに治してやる」

泣いて暴れている僕達に、スノーラがヒールを使ってくれます。

うう、せっかくのご飯が……

スノーラのヒールのおかげで口の火傷《やけど》が治って、ちょっと落ち着いた僕達。そして泣き止んだ時には、グラタンはすっかり冷めていました。

完全に冷めちゃったけど、今度こそグラタンを味あわなくちゃ。

スプーンですくって。完全に冷めているって、スノーラに確認してもらって、ぱくっ！

うん！　完璧にグラタンの味。とっても美味しいです。もう少し温かかったらよかったけど、でも火傷するより全然いいよ。

ふぅ、それにしても熱かったし、痛かったしビックリしたよ。

ルリも今は凄い勢いでグラタンを突いているけど、食べる前に足でちょんてして確かめていました。今度からは食べる前に、しっかりと確認しないとね。

そんな僕達を見ながら、ローレンスさんとフィオーナさんがほっと息を吐いていました。

「はぁ、ビックリしたな」

「ええ……あの子達が小さい頃にも同じことがあったわね。もう昔のことだから、小さな子がいる時の感覚を忘れていたわ。今度から気をつけないと」

それからは何事もなく、僕達はご飯を食べ終えました。

ごちそうさまをした後は、ケビンさん達が食器を片付けてくれて、スノーラとローレンスさん達はそのままお話。僕とルリはソファーに座って、スノーラに出してもらった木の実で遊び始めました。

でも遊びながら、大人達の話も聞いてみます。

「二人がいるからゆっくり進むつもりだが。これから何事もなければ、おそらく四、五日で街に着くだろう」

「そうね。スノーラがいてくれたおかげで、森を予定よりも早く抜けられたもの。全体的には二日くらい早く着くかしら」

「そうか。ならば街へ行ってからのことだが……」

それから話は進んで、ルリのことになりました。

ルリはローレンスさんの街で、ローレンスさんと暮らしているって街の人達が認識できれば、そこまで問題なく街の中を自由に行動できるだろうって。

でも問題は、今みたいに違う街にいる時。どの街にも悪い人達はいるわけで。流石のローレンスさんも、他の街のことまでは分からないから、そうなるとルリを自由にするのは危ないいんじゃないかって、そういう話になったんだ。

「鳥用のカゴなんかもあるが、それに隠して連れ歩くなんて論外だからな。それだったらスノーラのポケットの方がいいだろう。だがポケットに入っていても結局、隠れていないといけないのは一緒だ」

「そうよね。レンとルリちゃんを一緒に自由に歩かせてあげたいものね」

その話を聞いていた僕達は、いったん遊ぶのをやめて話してみることにしました。

「いっちょがいい」

『ルリも。ずっと隠れるのダメ』

「ぼくたちも、かんがえりゅ」

『……僕、方法知ってる。でもできない』

え？　ルリ、方法知っているの？　なんだぁ、ならそれをやれば一緒に出歩けるってことだね。

あっ、でも今できないとも言っていた。どういうこと？

聞いてみたら、ルリのあの好きな花畑の近くに、ヘビの魔獣が住んでいたんだけど、そのヘビは体の色を自由に変えていたんだって。

土の色、葉っぱの色、花の色、木の色……どんな色にも変えることができたみたい。敵に見つからないように、それから餌《えさ》に逃げられないように、自由に体の色を変えるの。

『ルリ、変えられない。だからできない。でも変えられたらいいな』

そういうことか。だからルリは方法は知っているけど、できないって言ったんだね。

納得していると、ルリが僕の前に立って、両方の羽をパッて広げます。

『こうやって、パッて広げたら、色が変わればいいのに』

「パッ!!」

僕も両方の手を上げてパッ!!　一緒にパッ!!

やっているうちに楽しくなってきちゃった。

そのうちソファーから下りて、しゃがんでからジャンプしてパッ!!　ジャンプしてパッ!!

「スノーラ、二人は何をしているんだ？」

「ああいう遊びがあるの？」

「いや、我も初めて見たが。一体何をやっているんだ？」

いつの間にかスノーラ達がこっちを見てるみたいだけど、今はこっちが楽しいや。

ジャンプしてパッ!!　ジャンプしてパッ!!

『ルリ、緑色すき。だから緑に変身！　パッ!!』

「パッ!!」

「おい二人とも、何をしているんだ」

スノーラの声と共に、僕達はもう一回パッ！　……ポンッ!!

『パッ!!　パッ!!』

「………」

『パッ!!　パッ!!　……レン、どうしたの？　パッ!!　もう終わり？』

「ルリ、いりょちがう。へんちんちた」

『変身？　誰が変身したの！　スノーラ？　でもいつものスノーラと一緒だよ？』

だけど僕は思わず振り向いて、スノーラを呼びます。

「しゅにょー！　りゅりへんちん!!」

「……は!?」

僕達の様子を不思議に思ったのか、ローレンスさん達もこっちに来て、スノーラの後ろから覗き込むように僕達を見てきました。

そして一瞬固まって黙った後、ローレンスさんはスノーラみたいに「は⁉」って。フィオーナさんはニコニコに。

『ねぇ、レンやろう！　パッ‼　って』

「りゅり、パッ！　たいへん！」

『どしたの？』

僕達がじっと見ているのを見て、ようやく何かがおかしいと思ったみたい。ルリは動くのをやめました。

「りゅり、いりょかわっちゃ！」

『色？　何の色が変わったの？』

「りゅりのいりょ！」

『ボクの色？』

ルリが顔を動かして、自分の体を見ます。

次の瞬間、ビックリして飛び上がりました。そして今度は羽を広げてみたり、なんとか顔を後ろに向けてしっぽの方を見てみたり。

今ルリの色は、あの綺麗な瑠璃色じゃなくて、エメラルドグリーンになっていました。

そう、さっき一緒に『パッ‼』ってやっていた時に、いきなりぽんっ‼　って。スノーラが変身する時みたいになって、エメラルドグリーンに変わったんだよ。

ローレンスさんがスノーラに、「ルリは色を変えることができたのか？　そういう魔法があるのか？　それができるなら、なんで最初から言わないんだ」って言ってきます。

「ま、待て、我も知らなかったのだ。だが……ルリ、今のをもう一回できるか？」

今度は元の色に戻れるかやってみろってことかな。

そうだ!!　色が変わったことにビックリしていたし、確かに今のエメラルドグリーンのルリも綺麗で可愛いけど、元の瑠璃色のルリに戻れなかったら大変！

ルリも慌てて『パッ!!』をやり始めました。

そしたら三回目の『パッ!!』で、ぽんっ!!

元の瑠璃色のルリに戻ったんだ。ふぅ、よかったよかった。

「一応は戻れるようだな。それにしても一体……？」

スノーラはブツブツ言いながら、ローレンスさん達の方を見ます。

「我は嫌な予感しかしないが、レンにステータスボードを出してもらうか……が、我が手伝っているとはいえ、まだレンが魔法を使うところを見せるのもまずいか？　……まぁ、ステータスボードくらいならいいか？」

僕もルリも大人しく、スノーラの独り言が終わるのを待ちます。

そしてやっと独り言をやめたスノーラが僕に、「レン、ルリのステータスボードを出してくれ」って言ってきました。

と、今度はローレンスさんが話に入ってきて。

「スノーラ、ボードだって？　レンにはまだ早いだろう。それなら私が」

「レンはもう何度かステータスボードを出している、我が力を貸しているがな。お前達に見せてもいいが、我は先に確認したいのだ。我の言っていることが分かるか？」

ローレンスさんが黙ります。

うん、僕もなんとなく分かるよ。黙って静かにしてろってことだよね、たぶん。

「分かったわ、私達は静かにしています。でも子供が魔力を使うなんて、体にとってよくないことなのよ。それだけはちゃんと分かっておいて」

頷くスノーラ。そして僕達は隣の部屋に移動してドアを閉めました。

いつもみたいに魔力を引き出してもらった僕は、ステータスボードのことを考えます。

いつもと違うのは、自分のじゃなくて、ルリのを見たいって考えること。

言われた通り、僕は僕の前に座っているルリに向かって、ルリのステータスボードが見たいって考えながら言いました。

「ちゅてーたしゅぼーど！」

そうしたらふわって、ルリの前にステータスボードが現れました。よかった、成功だよ。

三人でじっと、ルリのステータスボードを見つめます。

【名前】ルリ　　　　　　　　【種族】ハピネスバード
【性別】男　　　　　　　　　【年齢】一歳
【称号】＊＊＊
【レベル】1
【体力】1
【魔力】＊＊＊
【能力】体色変更能力（これがないとレンと一緒に遊べないようなので追加した）
　　　その他色々　まぁレンと一緒で大体使えるようになる予定
【スキル】＊＊＊
【加護】＊＊＊

何か僕のステータスボードに表示が似ているね。スノーラへ向けての伝言みたいになっているし。

僕はスノーラを見ます。

「奴ら……これは伝言板ではないと言っているだろう。確かに能力を与えてくれたことには感謝するが。まったく、街で会ったら文句を言ってやる」

え？　このおかしな伝言を書いてる人、街で会えるの？　ならスノーラ、僕も一緒に文句言うよ！

　確かにルリとスノーラに出会えたことは僕とっても嬉しいけど、それと僕が急にここへ連れてこられて困ったことは別問題だからね。

「はぁ、とりあえずレン、ステータスボードが消えるように考えろ。それをやらなくても自然と消えるが、その方がさっと消えるからな」

　言われた通り、ステータスボード消えろって考えたら、すぐにふって消えました。

「さてルリ、とりあえずよかったな。もう少し練習をすれば簡単に変身ができるようになるし、これでいつでもレンと外で遊べるぞ」

『ボク、レンと遊べる？　隠れなくていい？　新しい街まで待たなくていい？』

「まだすぐにはダメだが……そうだな、さっきの動きをしなくても変身できるように練習しよう。それから、短い時間からでいいから、変身したまま過ごしてみるのだ。慣れてきたら、いつでも遊べるようになる」

『ボク、遊べる！　レン、ボク遊べる!!』

「うん！　あしょべりゅ!!」

　僕とルリは並んで『やったぁ!!』のシャキーンッ!!　のポーズをしました。

　まさかルリが変身？　体の色を変えられるようになるなんて。いつもステータスボードで伝言してくる人、ありがとう！

それから僕達は、ローレンスさん達のところに戻ります。

スノーラがステータスボードのお話――あの変な伝言以外のことを話して、スノーラがいいって言わない限り、僕とルリのステータスボードは見せないことになりました。

ローレンスさんもフィオーナさんも見たがってたんだけど、スノーラは絶対にダメって。何回かそのやり取りをしています。

そういえば、他の人のステータスボードってどんな感じなのかな？　僕のは伝言がいっぱい書いてあるし、ルリのもそうだけど他の人は？

なんて考えているうちに、ローレンスさんが諦めたように息を吐きました。

「分かった。今は無理に見せろとは言わない。だが街で暮らすうえで、ステータスボードが必要になる時があるんだ、また後で話をしよう」

「何だと、それは絶対にか？」

「何をするかによるな。例えばただ街で暮らすだけなら、絶対に必要というわけではない。しかし冒険者ギルドなどに関わる場合には必要になる」

え!?　今何て言ったの？　冒険者ギルドに関わる場合はってことは……見学するだけでも？　大丈夫かな？　僕、冒険者ギルドに行きたいんだけど。

「む……そうなのか。分かった、そのことについては我も考えよう」

話が終わった後、お茶を飲んで今日はおやすみなさい。

僕達は自分達の部屋に。あっ、フィオーナさんが僕に寝巻きをくれました。サイズが分からなかったから、色々用意してくれていたみたいで、サイズぴったりなものがあったんだ。

これまでは森で寝ていたけど、今日からはちゃんとしたベッドだから、ちゃんとした服を着てねってことみたい。

それに、他にも洋服を持ってきてくれているんだって。明日は新しい洋服を着るんだ。今まで着ていた服はアンジェさんが持って行きました。

大きなベッドの上で、スノーラに魔獣姿になってもらって、みんなで丸まって寝るんだ。

せっかくの大きいベッドだけどね、僕もルリもみんなで丸まって寝るのが好き。一緒にいるって感じでしょう？

少し経ってウトウトし始めたら、ガサゴソ動く感覚で僕は起き上がりました。見たらルリが小さな一人用のソファーの上に。それであの『パッ!!』を始めたんだ。

そして五回『パッ!!』をしたら、ぽんっ!!　エメラルドグリーンの綺麗なルリに変身。

そしてまた五回『パッ!!』をしたらぽんっ!!　元のルリに戻って。

何回も練習をするルリ。大体三〜五回くらいで変身できて、やっぱり三〜五回で元のルリに戻れます。

『今の段階で五回程度で変身できるのなら、すぐにもっと早く変身できるようになるだろう』

スノーラが起き上がって、ルリに近づきながら言います。

『だがな、ルリ。あまり急いで練習しても、それがかえって悪い方に動くこともあるのだ。練習のしすぎで体が疲れて、本当は早く変身ができるようになったかもしれないのに、それができなくなってしまうこともあるかもしれん』

『変身、遅くなる？』

『ああ。無理をすればな。大丈夫、我も変身の練習をきちんと見てやる。だからちゃんと休む時は休め。眠たいまま、体が疲れたままではダメだ』

ルリはちょっぴり考えた後、元気よく頷いて僕の方へ戻ってきました。それからスノーラも戻ってきて、またみんなで丸くなって、今度こそおやすみなさい。

大丈夫だよルリ。ルリは変身の能力を貰ったんだから。だからゆっくり練習しよう。僕に何ができるか分からないけど、一緒に『パッ‼』はやってあげられるから。

それか、応援とか？　僕達はずっと一緒なんだからゆっくりいこうね。

次の日、僕が起きたら、ルリとスノーラはもう既に練習をしていました。朝の練習だって。

それにご飯の時も、ちょうどいいからちょっとだけ練習。ご飯の時間だけ、エメラルドグリーンのままでいてみようって。途中で元のルリに戻らないようにする練習ね。

ご飯が食べ終わっても、ルリは変身したままでした。

それでこれからも、朝のご飯と夜のご飯は練習してみようってことになったんだ。

それから変身の方の練習は朝と夜に少しずつ。それならそんなに疲れないからってスノーラが決めました。

馬車に乗ってからもルリはずっとニコニコ、これから楽しみだね!!

第5章　ローレンスさんの街、ルストルニアに到着!!

ルリが変身できるようになって、それからは何事もなくローレンスさんの街、ルストルニアに向かう旅は続いて……森から出て五日目。もうすぐ街に到着です。

今はお昼をちょっと過ぎた頃。街に入ったら遅いお昼のご飯を食べることになっています。

前日に街の近くまで来て、無理をすれば門が閉まるギリギリに、街に着くかもしれなかったんだ。でもそうすると、ローレンスさんのお家の人達への挨拶とか荷物の整理とかでバタバタしちゃうから、もう一日お泊まりしました。

「そろそろ壁が見えるぞ」

そう言ってローレンスさんが窓をしっかりと開けてくれます。

ちなみに、ルリはもう変身していて、綺麗なエメラルドグリーンです。練習のおかげか、今では多くても三回で変身できるようになったんだ。でも変身時間は短いまま。そっちはもう少し慣れてからだってスノーラが言ってました。

僕とルリが、窓から少しだけ顔を出して前の方を向くと、壁がちょっとだけ見えました。

あそこがローレンスさんが住んでいる街、そして治めている街なんだ。

どんなところかなぁ。とっても大きいっていう冒険者ギルドに商業ギルドも見たいし、他にもどんなお店があるのかとか、街並みは他の街と違うのかとか、人や魔獣はどのくらいいるのかとか、気になることがいっぱいだ。楽しみばっかりだよ。

どんどん馬車が壁に近づくにつれて、僕もルリもあれ？　って思いました。

なんかいつもより上を向くのが早いような？　それから角度ももっとグイッて。

『レン!!　大きい！　今までで一番大きい!!』

「うん！　おっき!!」

それもそのはず、壁の高さも長さも、今までに行ったどの街よりも全然大きかったんだ。

それによくよく周りを見たら、あっちもそっちも人や魔獣さんがぞろぞろ。人数が全然違いました。

よかった、ルリがちょっとでも変身できて。じゃなきゃ、今頃馬車の中で静かにしてなくちゃいけなかったよ。よかったね、ルリ！

『今日は少ない方だな。これならオレ達の方の門も、そんなに並んでいないだろう』

馬車の横を歩いていたバディーがそう言ったら、ローレンスさんも頷いています。

「確かに。今回は初めてのレン達がいるからな、待ち時間が短いのは助かった」

そんな話をしています。これで少ない方？　こんなにいっぱいなのに？

少し先に見える門に向かって、どんどん進む馬車。

あ〜あ、まだあんなに門まで遠いのに、街に入る人達の列の最後尾がこんなところに。みんなそれでもちゃんと街に入る順番を待っています。

あっ！　あそこに並んでいる人！　あの上半身裸の人だ!!　それから周りには、この前男の人を怒っていた女の人と、もう一人の女の人。男の人も二人、固まって並んでいて。一緒のグループの人達なのかな？

少しして馬車が止まりました。ちょっと乗り出して見てみたら、たくさん馬車が並んでいます。

え、これでいつもより並んでないの？

僕は馬車の中に引っ込んで、ローレンスさんが中のガラスの窓だけ閉めました。

どのくらい経ったのか、近くで人の声がしてきて、検査はいよいよ僕達の番に。馬車のドアが開いて、騎士さん達がローレンスさんに敬礼します。

「ローレンス様、予定より早いお帰りで」

「ああ、何事もなく移動ができてね。それで書類なんだが……」

いつも通り書類を見せるローレンスさん。ローレンスさんの街なのに、しっかりローレンスさんのこともチェック。

どんなに偉い人でもきちんとチェックしないと、もし何かがあったら大変だもんね。

街を守るためにも、たとえローレンスさんでもチェックを受けるんだって、ローレンスさんが途中の街で教えてくれました。

しっかりチェックをした騎士さん達、最後に僕達のことを確認してきて、僕はもちろん返事をしたよ。

騎士さんはニッコリ笑うと――

「ようこそ、ルストルニアへ」

そう言って敬礼してくれました。僕も真似して敬礼。ルリも一緒に敬礼。

そしてドアを閉めたら、いよいよ街の中へ。

大きな大きな門を通って、街の中へ入った瞬間、僕もルリも叫んじゃいました。

「みにゃあぁぁぁぁ!!」

「ぴにゃあぁぁぁぁ!!」

だって他の街と全然違ったんだ。これぞ街って感じなの。

大きな建物がズラッと並んでいて、通っている道も、今まで見てきた街の三倍くらい広いんだよ。

それなのに人も魔獣もうじゃうじゃ、歩きにくそうにしている人達もいるくらい。

そんな中、馬車も通っているんだから、余計にぎゅうぎゅうな感じがするよ。

目を丸くしている僕達に、ローレンスさんが教えてくれます。

「後でゆっくり案内するが、この道が街で一番広いんだぞ」

ふわわ！　凄い凄い!!

僕もルリもあっちを見たらそっちを見て。向こうが見終わったら、戻ってきてまたこっちを見て。小さい僕達は、馬車の中をふらふら移動して街を観察します。移動する時は、スノーラが僕を抱き上げてくれてるからこける心配はないんだ。

街の中は気になるものばかりで、僕はローレンスさんにいっぱい質問しました。

でも、僕の話し方もあるけど、興奮しているのもあって、半分以上は何を言っているのか分からなかったみたいで。答えてくれることもあったけど、うんうんって頷いている方が多かったよ。

そんなことをしながら進んでいたら、気づくと大きな建物が少なくなって、小さい家ばかりになってきました。時々大きな建物もあるけど、この辺は街の人達が暮らす家が多い場所なんだって。

それを聞いた僕は、慌てて冒険者ギルドはどこか聞きました。もしかして、もう通り過ぎちゃった？

「ああ、さっき大きな十字路……分かれ道があって、まっすぐ進んできただろう？　あそこを曲がった先に、冒険者ギルドはあるんだよ」

あぁ～!?　またまた冒険者ギルドを見られませんでした。なんで向こうにあるのさ！

ちょっとプリプリする僕とルリを見て、クスクス笑うローレンスさん達。

そんな中、小さな家もだんだん少なくなってきて、今度は畑や小屋みたいなものが増えてきました。ここは街の人達が使っている畑や、魔獣を飼っている場所なんだって。農場みたいな感じかな。

それと、この場所とは別に、街の外側にくっ付いている感じで、畑や魔獣さんを飼う場所もあるんだって。その場所もちゃんと壁で囲まれているみたい。

このルストニアを囲う大きな壁には、三箇所、街に入る門があるらしいんだけど、それとは別に、その畑や魔獣さん達がいる場所に繋がっている門があるんだって。

それと、街の中には川が二本あるらしい。外の畑の方から街を流れている川と、ローレンスさんのお家の敷地に小さい川が流れているんだ。そこで魚釣《つ》りができるみたい。

魚釣り、僕やってみたいかも。やったことないんだ。

「さぁ、そろそろ私の屋敷の門が見えてくるはずだ」

窓を開けてもらって、僕とルリは外に顔を出してみます。

そしたらぽつん、ぽつんって、大きな家が所々にありました。大きな家が並んでいるところもあるね。

それで進行方向には、あっちの方から向こうの方まである長い長い壁が見えて、それから大きな大きなお家もありました。今まで見てきた中で一番大きいお家です。

馬車はその大きなお家に向かって進んでいって、門の前で止まりました。

門の前には四人の騎士さんがいて、みんな一斉に敬礼をします。一人の騎士さんが馬車に近づいてきて馬車のドアを開けて、ローレンスさん達に挨拶をしました。

「ローレンス様、長旅お疲れ様でした」

「変わりはないか？」

「はい」

会話はすぐに終わって、すぐにまた馬車が進み始めます。馬車が門を通ってる間も、ずっと敬礼している騎士さん達。僕とルリが窓から敬礼したら、ちゃんと僕達にも敬礼してくれたよ。

大きな家がだんだんと近づいてきます。近づいてきたんだけどね、門から家までなかなかたどり着かなかったよ。

なんで門から家までこんなに遠いの？　僕がいた施設なんて、門から十秒だったのに。

というかローレンスさん、本当に偉い人だったんだ。本当にっていうか、こんなに大きな家に住むほど、偉い人だったんだね。

やっと馬車が止まったけど、僕の感覚だと十分くらい、門から家までかかった気がするよ。

ちなみに、門から家の間には、とっても綺麗なお庭が広がっていました。ルリが遊びたいってソワソワしていたよ。ルリ、花畑好きだもんね。

遊んでもいいのかな？　後で聞かなくちゃ！

馬車のドアが開いて、黒い背広みたいな洋服を着ているお爺《じい》さんが、ローレンスさん達に挨拶をします。

「お帰りなさいませ、旦那様」

「ただいまセバスチャン、変わりは？」

「ほほ、いつも通りでございます」

お爺さんが僕達を見てきます。

「スノーラ様、レン様、ルリ様、ようこそおいでくださいました」

ピシッとご挨拶するお爺さん。僕達も急いでご挨拶したけど、何で僕達の名前知っているのかな？

順番に馬車を降りていって、一番最後が僕とルリ。

馬車を降りた瞬間、僕もルリも固まっちゃいました。窓からじゃなくてしっかりと目の前で見た、大きな家に驚いたのもあるけど、それだけじゃないんだ。

大きな大きな玄関に、ズラッとたくさんの人が並んでいて、その全員が一斉にお辞儀をしたの。

僕とルリは、慌ててスノーラの後ろに隠れます。

ドキドキ、ドキドキ。スノーラの洋服をギュッと握ったら、スノーラが僕の頭をぽんぽんしてくれます。

その時、向こうからバタバタ走ってくる音と元気な声がしました。

「父さん、母さん、おかえり!!」

「おかえりなさい。予定より早かったね」

「レオナルド、大きな声を出さないで。レンとルリがビックリしているじゃない」

「そうだよレオナルド。もっと静かにしないとって、いつも言われてるだろ」

「でもエイデン兄さん、俺達が来る前に隠れてたぜ」

レオナルド？　エイデン？　僕はスノーラに隠れながらチラッと声の方を見てみます。

そこにはローレンスさんと同じくらいの背の、高校生くらいのお兄さんと、毛の色がフィオーナさんと同じ色で、背はローレンスさんよりもちょっとだけ低いお兄さんが立っていました。

「はぁ、二人とも静かにしないか。こちらがスノーラ様だ」

ローレンスさんがそう言うと、今まで騒いでいたお兄さん達と、玄関の前で並んでいる人達、それからさっきのお爺さんが、みんな一斉に頭を下げました。

僕とルリはスノーラの後ろで、またびっくりしちゃいます。

「そんなことをしたら、余計レン達は隠れるぞ。それに我は堅苦しいのは嫌だと言ったであろう」

「分かっています。ですが最初だけでも」

「面倒だな、もういいだろう？」

ローレンスさんが頷き、玄関にいる人達に声をかけると、みんながあっちこっちに散らばっていきます。それでその場に残ったのは、お兄さん二人とお爺さんでした。

「スノーラ、レンにルリ。こっちが長男のエイデン、そして次男のレオナルドだ」

背が低い方のお兄さんが十八歳のエイデンお兄さんで、背の高い方のお兄さんが十七歳のレオナルドお兄さんって言うみたい。

それから、お爺さんの名前はセバスチャンさん。ローレンスさんのお家で一番偉い執事さん、筆頭執事さんなんだって。

詳しい自己紹介はお屋敷に入ってからにすることになって、セバスチャンさんを先頭に、僕達はお屋敷に入っていきます。僕は歩くと遅いから、スノーラに抱っこされて移動だけどね。

そして大きな玄関から中に入ると……

お屋敷の中はとっても凄かったです。

入ってすぐのところは広間みたいになっていて、前の方には大きな階段が。階段も床も大理石みたいなものでできていたよ。

壁には大きな絵が飾られていて、ステンドグラスみたいな窓があります。他にもシャンデリアに、よく分からない置物に、壁の飾りに……

それから不思議なものがありました。光の塊みたいなものが、等間隔にふよふよ浮いていたんだ。

僕はそっとそれを触ってみます。

つんっ。光の塊はちゃんと触れることができて、僕が触ったせいでちょっと向こうの方に。でもすぐに止まって、すぐに元の場所に戻ってきました。何これ？

「それはライトだよ。今は昼間だからそれほどでもないけど、夜になると屋敷の中を明るく照らしてくれるんだ。分かるかな？」

ビクッとして横を見ます。そこにはエイデンお兄さんがいました。

「ああ、ごめんね、驚かせちゃったかな。でもこれは怖いものじゃないから安心してね」

何も答えない僕。

「僕の言ってること、分かんないかな？」

エイデンお兄さんが困った顔でローレンスさんやスノーラを見ます。

あっ、違うの。まだ慣れてなくて話せないだけなの。せっかく教えてくれたのにごめんなさい！

僕があわあわしているのを見て、代わりにスノーラが答えてくれました。

「レンもルリも分かっている。ただ、まだ会ったばかりで緊張しているだけだ。慣れればそのうち話すようになる」

「そうか、そうだよね。もっと時間が必要だよね。あっ、でもそうだ！　レンに初めましてのプレゼントを用意してあるんだよ。楽しみにしててね」

「あっ、兄貴だけずるいぞ。俺だって仲良くしたいのに」

そんなエイデンお兄さんとレオナルドお兄さんの様子をみんなで笑いながら、また歩き出す僕達。

エイデンお兄さんはあの光の塊のこと、『ライト』って。それに夜明るく照らしてくれるって言っていたよね。ちゃんと電球みたいなものもあるんだ。

もしかして、宿に泊まった時も置いてあったのかな？　僕、全然気がつかなかったよ。

すると、ルリが僕の肩から飛んでライトの上に乗りました。その途端、ゆらゆら揺れるライト、おっとっとってなるルリ。

でもルリはすぐに乗るのに慣れて、揺れに合わせて片足を上げたり羽を広げたり。ライトの揺れが気に入ったみたいです。

なんか楽しそうだね。僕が乗っても大丈夫なライト、ないかな？　僕もやってみたい。

スノーラがルリを呼んで、ルリは僕の肩に戻ってきました。

そのまま二階まで上がった僕達は、まだ階段は続いていたけど右に曲がって廊下を進み、大きなドアの前で止まりました。ケビンさんがドアを開けて、ぞろぞろみんなで中に入ります。

その部屋の中もやっぱりとっても広くて、大きなテーブルと大きなソファーがありました。その他にも色々と置いてあったよ。

ソファーに僕達が座ったらローレンスさん達が座って、アンジェさんと他のメイドさんが、みんなの前にお茶を置くと部屋を出ていきました。

それで、ローレンスさんが僕達の顔を見回して言いました。

「さて、これから遅い昼食だが、準備ができるまで、改めて自己紹介をしよう」

まずはローレンスさんから。ローレンスさんはルストルニアを治めている偉い人って聞いていたでしょう。

なんと、侯爵《こうしゃく》様なんだって……でも侯爵って、どのくらい偉い人なの？　偉いっていうのは分かるんだけど。詳しくは知らないんだよね。そもそも、地球の侯爵と同じなのかな？

ローレンスさんも、まだ僕には分からないだろうって、詳しく話してくれなくて。う～ん。

それからフィオーナさんは、元冒険者さんでした。剣と魔法、どっちも得意だって。でもどっちかっていうと魔法の方が好きみたいです。

次はエイデンお兄さん。エイデンお兄さんは魔法が得意みたい。この世界にも学校があって、そこで魔法の研究と、政治について勉強しているんだって。

レオナルドお兄さんは剣がとっても大好き。エイデンお兄さんもレオナルドお兄さんも冒険者ギルドに登録しているんだけど、暇《ひま》さえあれば冒険者ギルドに行って、依頼ばっかり受けてるんだ。

ローレンスさん達の自己紹介が終わって、今度は僕達の番……だったんだけど、ささっとスノーラがしちゃいました。こんな感じ。

「我はスノーラ、こっちがレンとルリだ」

それで終わり。

他に何かない？　僕とルリは連携攻撃ができるとか、ちょっとしたことでいいんだけど。とか考えたけど、結局これで終わりだったよ。ローレンスさん達が苦笑いしていました。

自己紹介が終わってちょっと雑談をしたら、お昼の準備ができたってアンジェさんが僕達を呼びに来ました。すぐに部屋を移動して、今度は二階の大きな部屋に。

座席は人数分用意されていたけど、他にも椅子を用意したらあと十人くらい座れそうなくらい、大きなテーブルがありました。

なんか無駄に大きくない？　こんなものなのかな？

ご飯はリゾットと、小さいステーキとサラダでした。リゾット、とっても美味しかったよ。

ご飯を食べたら、スノーラとローレンスさん達はまたお話だから、僕はエイデンお兄さん達と遊んでてって言われたんだ。

どうしよう、僕もルリもまだ二人に慣れてないんだけど。でも大切なお話みたいだし、わがまま言って残って、迷惑かけたらダメだよね。

「レン、大丈夫だよ。ね、一緒に遊んでよう」

「そうそう、難しい話は父さん達に任せればいいんだから」

そう言って部屋から出る二人の後ろを、よちよちと付いていきます。

だけど僕は気になるので、二、三歩歩いたら振り返り、また二、三歩歩いたら振り返り。

「ほら、おいで」

エイデンお兄さんが僕の方に手を伸ばしてきました。

ビクッとする僕。それからじっとエイデンお兄さんは手を出した状態で止まっていて、どうも手を繋いでくれようとしているみたいです。僕はそっとエイデンお兄さんの手を握りました。

その時いきなり体を持ち上げられて、僕は何かの上に。僕はビックリしてキョロキョロ周りを見ます。

するとに慌てたようなエイデンお兄さんの声が聞こえました。

「レン、ルリ、大丈夫だよ！　ちょっとレオナルド！　いきなりそんなことしちゃダメだよ。まだ僕達に慣れてないんだから、そういうことはゆっくり」

「さぁ、さっさと部屋に行こうぜ。そんなにゆっくり歩いてたら日が暮れるぜ」

僕のお尻のところからレオナルドお兄さんの声が聞こえます。レオナルドお兄さんが僕のことを肩車していたんだ！

僕は慌てて、エイデンお兄さんと手を繋いでいる反対の手で、髪の毛を掴んじゃいました。

そうしたら「いてて」って。急に肩車なんかするからだよ。

レオナルドお兄さんが頭を上げて僕達を見てきました。それからエイデンお兄さんも僕達を見てきて。二人とも笑っているけど、少し不安そうな顔もしていたよ。

そっか、二人とも僕達のことを心配しているんだ。

なんとか僕に慣れてもらおうと思って、それからスノーラから離れて、心配な僕達を安心させようとしてくれてるんだね。

僕は手からそっと力を抜きます。それから二人にニコッて笑いました。

「……手紙、本当だったね。こんなに可愛いなんて」

「また母さんが、言いすぎてるのかと思ってたけどな」

二人がホッとした顔をした後に、そんなことを言いました。

手紙に可愛いって？　何のこと？

ちょっぴり不思議に思っている間にも、肩車のまま、手も繋いだままで、長い廊下を進んでまたまた三階に来ました。

お兄さん二人のお部屋があるんだって。ローレンスさんとフィオーナさんのお部屋は四階みたい。

「そうそう、さっき言ってたプレゼントがあるんだ。先に僕の部屋に行こう」

「さっき言わなかったけど、俺だってプレゼント用意してるんだぞ」

「先に言ったのは僕だからね。ささ、行こう」

「ちぇっ」

階段を上がって左に曲がった僕達は、廊下の真ん中で止まりました。

「ここが僕の部屋だよ。さぁどうぞ」

扉を開けたら、本棚がドンッ！　ドンッ！　ドンッ！　て三つも置いてあって。それからなんか理科の実験に使うような器具が、テーブルの上にずらっと並んでました。

あとは勉強机みたいなのにいっぱい紙が載ってて、見たことないものがたくさん、ふわふわ浮いていました。窓の近くには大きなベッドとクローゼットが置いてあったよ。

「ちょっと散らかってるけど、さぁ、入って入って」

ちょっと？　僕はレオナルドお兄さんの肩車のまま部屋を見ます。

テーブルの上、勉強机の上、それからベッドの上も、紙とか色々なものでいっぱいだったんだけど。床の上も同じ状態で、足の踏み場がないっていうか。

でもそんな床に散らかったものを、レオナルドお兄さんはひょいひょい跳び越えて、僕をソファーに座らせてくれました。

「昨日夜中まで研究しててね。そのままだったんだよ。あっ、この部屋の本は、あっちの濃い茶色の本棚二つはダメだけど、こっちの白い本棚の本だったら、いつでも持っていっていいからね」

なんてエイデンお兄さんは言うけど、僕、たぶんまだここに置いてる本は読めないいんじゃないかなぁ。

そしたらルリが、小さな声で『汚い』って。僕は慌ててルリの口を手で押さえます。

二人には聞こえなかったみたいで、エイデンお兄さんはクローゼットの中をゴソゴソしてて、レオナルドお兄さんはその辺に置いてあった本をペラペラめくって、うえって顔をしています。

よかった、聞こえていなくて。まだ会ってそんなに経ってないのに、汚いなんて言われたくないでしょう？

ゴソゴソしていたエイデンお兄さんが、リボンの付いている箱を二つ持って、僕達の方へ戻ってきました。

「はい、初めましてといらっしゃいのプレゼント。二人とも同じものだけど、それぞれサイズに合ったのを用意したんだ」

僕達は箱を受け取って、エイデンお兄さんに大きな声でお礼を言います。

「ありがちょ!!」

『ありがとう!!』

さっそく開ける僕達。

だけどリボンを解こうとして絡まっちゃったから、エイデンお兄さんが一緒に外してくれて、包装紙は……ビリビリに。ごめんね、綺麗に取ろうと思ったんだけど、ビリビリになっちゃった。

それから出てきた箱を、ルリと同時に開けます。ルリの方はレオナルドお兄さんが手伝ってくれたよ。

そして中から出てきたものは……

馬車のおもちゃでした。それも、僕達が乗った馬車にそっくりなやつ。僕の方が僕の顔くらいの大きさで、ルリの方は、ルリが馬車の上に乗れるくらいの大きさだったよ。

「これはちょっとした仕掛けがあってね、色々とできるんだよ、やってみるね」

エイデンお兄さんが馬車の先の方を触って、そうしたら手がポワッと光ってすぐに消えました。

それから、馬車の先の方に付いている、小さなボタンを押してみてって。

言われた通りに押したら、馬車が勝手に動き始めたんだ。僕もルリもビックリです。

「はは、その顔面白いな！」

「うん、ちゃんと動いてるね。じゃあ次は」

エイデンお兄さんが動いていた馬車を押さえて、ボタンを押したら馬車が止まりました。そして今度は馬車の後ろの方に手を当ててるお兄さん。またポワッと手が光って、今度は後ろのボタンを押してみてって。

すぐに押す僕。

「ひかっちゃ!!」

『ライトみたい!!』

「みたいじゃなくて、ライトだよ。さっき見たのと一緒」

馬車の中がパッと光ったんだ。それでまたボタンを押すと光が消えました。

何、この面白いおもちゃ。電池じゃないよね？

「この馬車の中に、特別な鉱石が入っているんだ。鉱石っていうのは石のことだよ。その石に魔力を流すと、色々なことができるようになるんだ」

その鉱石の力をボタンで遮断《しゃだん》したり動かしたりできるようになってるんだって。

鉱石に流した魔力はだんだんとなくなっていっちゃうけど、大人に魔力を入れ直してもらえば、何回でも遊べるんだ。

なんか凄いおもちゃだね。ルリの方の馬車にもレオナルドお兄さんが魔力を入れてくれて、ボタンを押すルリ。

ルリは馬車に乗ったまま、部屋の中を一周しました。それで上手にまたボタンを押して止めて。

それから「他にも機能があるんだよ」って、エイデンお兄さんが教えてくれました。

今ルリは一周したけど、実は進路上に邪魔なものがあった時に、それを避けて進んでるんだって。

だからこの部屋でも走れたんだ。凄いよね！

壊さないように、大切に遊ばなくちゃ！　もし魔力がなくなったらスノーラに補充してもらおう。

「すっごいニコニコだな」

「よかった、気に入ってくれたみたいで。でも……そうだな」

「あ～、また兄貴の考え事が始まりそうだ。ほら、次は俺の部屋へ行こうぜ。俺もプレゼント用意してあるんだ。きちんと二人分あるからな!!」

「ああ、そっか。それじゃあレオナルドの部屋に行こうか。レン、ルリ、その箱とリボン、いらないだろうから捨てておくよ」

エイデンお兄さんそう言ったんだけど、全部いるよ。だってお兄さんの初めてのプレゼントだもん。全部とっておくの。スノーラの魔法でしまってもらえばいいし。

僕はしっかり箱もリボンもおもちゃも抱きしめます。ルリも全部かき集めて、同じように抱きしめてるよ。

でも包装紙はボロボロになっちゃったから残念、それだけ捨ててもらうことにしました。

「持ちにくいだろう？　その袋に入れて俺が持ってってやるよ」

そう言って、袋にささっとしまってくれたレオナルドお兄さん。また僕を肩車してくれて、エイデンお兄さんの部屋から出ました。

部屋を出てまたまた左に。隣がレオナルドお兄さんのお部屋だって。

「さぁ、ここが俺の部屋だぞ。だけど危ないものがあるからな、どれが危ないか教えてやるから近づくなよ」

そう言いながら部屋に入るレオナルドお兄さん。

中はとっても綺麗だったよ。テーブルにソファー、ベッドに床まで、エイデンお兄さんみたいに、ごちゃごちゃじゃありません。テーブルに紙が二、三枚載ってるだけ。

他には壁のところに剣が五本置いてあって、その隣には縦長の鉄帽みたいなものがありました。そのまた隣に、ボクシングの人が使っているサンドバックみたいなものもあったよ。

それから反対側の壁には本棚が一つあります。半分くらいは本で埋まっていたけど、あと半分は小さい騎士さんの人形みたいなのがずらっと並んでいました、あとはメダル？

ベッドやクローゼットの場所は、エイデンお兄さんと同じ場所に置いてありました。

「いいか、剣は見てもいいけど触るのはダメだ。それから隣の、ぶら下がってる筒な。これはトレーニング用に使ってるんだけど、かなり重いから近寄るのもダメだ。もし倒れてきてレン達が潰されて、怪我でもしたら大変だからな。分かるか？」

「こりぇ、みりゅのいい！　こちダメ！」

『潰されちゃう！　だからダメ！』

「そうだ！　もしどうしても見たい時は、俺と一緒ならいいぞ。と、それじゃあ、俺もプレゼントを用意するから、ちょっと座って待っててくれ」

ソファーに僕を下ろしたレオナルドお兄さんは、クローゼットをゴソゴソし始めました。

隣にエイデンお兄さんが座って、部屋の中を見渡します。

「相変わらず部屋だけは綺麗だね」

「兄貴は研究とか実験とかの後、すぐに片付けないからあんなに散らかるんだろう？　そのまま床で寝たりするし。俺はすぐに片付けるからな。他のこともささっとだ」

「その他のことをささっと終わらせて、いつも怒られてるのは誰？」

「あーあー、聞こえないな」

それから二人が話しているのを聞いた感じ、どうもお兄さん達は、ローレンスさんやフィオーナさんのお仕事を手伝っているみたい。書類の確認とか整理とか、他にも自分で意見を書いて、チェックしてもらうんだって。何か将来のためとかなんとか。

でね、レオナルドお兄さんは片付けだけじゃなくて、そういうものもささっと終わらせるらしくて。誤字脱字が多くて、よくフィオーナさんやケビンさんに怒られてるみたい……それじゃダメなんじゃ。

「でも確かにレオナルドの言う通り、レン達とこれから一緒に暮らすからね。二人が怪我をしないように、僕の部屋も綺麗にしないとダメだね。これから気をつけなくちゃ。まずは床で寝ないようにすることから？」

違うよエイデンお兄さん。終わったらすぐに片付けることからだよ。スノーラも片付けは大切って言っていたよ。

と、そんな話を聞いているうちに、レオナルドお兄さんが、可愛い紙とリボンに包まれた、細長いプレゼントを持ってきました。

「俺のプレゼントもお揃いだぞ！」

二人でありがとうをして、さっきみたいに一緒にリボンを解いてもらいます。紙は……またボロボロに。残念。

でも中から出てきたものに、僕達はまたまた大喜びです。

中から出てきたのは、子供用のおもちゃの剣でした。そこの壁に立てかけてある本物の剣にそっくりなんだよ。ルリの剣も、ルリの体と同じくらいの長さで、小さくて可愛い！

すぐにレオナルドお兄さんが、一緒に入っていたベルトで、僕の腰に剣をつけてくれます。ルリの方も、エイデンお兄さんが上手に羽や体にベルトを通して、背中の右寄りに剣をつけてくれました。

「二人共似合うぞ。ただ、ルリはそれだと剣が取れないか？」

『大丈夫！　ボクやってみる！』

そう言うと軽く飛ぶルリ。飛んでいるのに上手く羽を使って、剣の持ち手のところに羽を引っ掛けて、スポッと剣を鞘《さや》から抜きます。そうしたら剣が空中に舞い上がって、それを上手にキャッチしました。

その後はまた剣を放り投げて、剣がまっすぐ落ちてくる瞬間を見計らって、剣の下に潜り込みます。それでスパッと鞘に剣を戻したんだ。

ルリはそれを何回か繰り返してたけど、一度も失敗しませんでした。僕もお兄さん達も拍手だよ。

ルリ、凄いね!!

「ルリは大丈夫そうだな。よし、レンもやってみろ」

よーし、僕もルリに負けないように。

気合を入れて剣を抜こうとする……んだけど、鞘に引っかかっちゃってダメでした。何回かやったんだけど、難しいね。

それを見ていたレオナルドお兄さんが一緒にやってくれて、そうしたら一回で成功!

僕はレオナルドお兄さんに向かってありがとうをします。

そうしたらレオナルドお兄さんは、ぼけっと僕の方を見てきたんだ。

「どちたの？」

「ん？　あ、ああ、別に何でもないぞ。さぁ、もう一回、今度は一人でやってみろ」

言われた通りにやってみる僕。一度成功したからかな、そのあとは失敗することなく、剣を抜くことができて、戻すのもなんとかできました。

それからは馬車で遊んだり剣で遊んだり、順番に遊ぶ僕とルリ。お兄さん達はソファーに座って僕達を見ていたよ。

「いやぁ、さっきのあの表情」

「可愛かったね。こんなに可愛い弟ができるなんて」

「俺も弟ができて嬉しいよ。父さん達は詳しい話は教えてくれてないけど、レンとルリはもう俺達の大切な弟だからな。これからしっかり守ろうな」

「そうだね。もし二人に手を出すような輩が現れたら……そうだな、俺の実験の手伝いでもしてもらおうかな？　いつもは実験に有害魔獣を使うけど、まぁ、レン達に手を出した方が悪いんだから、別にいいよね」

「だな、レン達に手を出すなら、それ相応の罰《ばつ》が必要だよな。兄貴がそうなら、俺も剣の相手でもしてもらうかな」

「まっ、どっちにしてもレン達に手を出したことを、一生後悔して生きていく。それくらいにしないとね」

「それにはやっぱり訓練と鍛錬《たんれん》だな」

「僕も新しい研究でも始めようかな」

◇　◇　◇

レン達を送り出した後、我、スノーラは、ローレンス達との話の続きを始めることに。

さっそくローレンスが尋ねてくる。

「それでこれからのことだが。首都ベルンドアへは？」

「ああ。この感じだと、マサキの子孫がしっかりと国を治めているようだからな。問題がないのならば、我とマサキとの思い出の地を、レン達にも見せてやりたい。だが、レン達は街を見たがっているし、まずは色々なことに慣れて、落ち着いてからだな」

「そうか。こちらとしては、もしこのままここで暮らしてもいいと言ってくれるのなら、改めて正式の養子縁組の書類を作成するつもりだ」

「そうしてくれ。その方が、ここではレンを守りやすくなるだろうからな」

「ただ、そう決まった場合、陛下にはお知らせした方がいいと思っているのだが」

お茶を飲んでいた我の手が止まる。

ローレンスが言っている陛下……つまりこの国の王とは、何事もなく王位が受け継がれているのならば、マサキの子孫のはずだが。

「それは、あの時のままということか？」

我の問いに、ローレンスが頷いた。

そうか。何も変わらずあいつの子孫は、ちゃんと国を治めているらしい。それどころか話を聞けば、あの頃よりも栄えていると。

まぁ、ここへ来るまでの間、他の街であったような、冒険者ギルドでの揉《も》め事とか、その程度の問題は絶えないらしいが。それでも我がいた頃のような、国や世界を揺るがすような大きな問題は起きていないらしい。

ローレンス達は、レンがどこから来たか……つまりマサキと同じ世界から来たのだと知っている。

だからこそ、王家に知らせた方がいいと考えたのだろう。

「もちろん私達のところで、レンもルリもしっかり守る。そして家族として愛情を持って育てていく。だがもし何かの拍子に、レンがあの方と同じ世界から来たということがバレたら、私だけの力では守り抜くことができないかもしれない」

それからも続けるローレンス。

レンの秘密を外に漏らすなど考えてもいないが、これからレンは、この家に慣れ、街に慣れ、そのうち色々な場所へ行くことになるだろう。

その時、何かの拍子にどこからかレンの秘密が漏れてしまったら?

あいつと同じ世界から来たレンを、自分の手元に置こうとする奴が現れるだろう。レンの存在を使い、国を、世界を手に入れようとするかもしれない。

それは個人だけではなく、国そのものが動くことだってありえる。

あくまでも可能性だが、ないとは言い切れない。

そうなれば、こちらも対抗するために、国家レベルの力が必要になる。

だからこそ、事前に王家に事情を話し、庇護《ひご》を得た方がいい。

それがローレンスの考えだった。

確かにそうなれば、そう簡単に他の国は手を出してこられなくなるだろう。

このまま街にいると決まったら、その方がいいかもしれない。ただ……

「我は今の王を知らん。国は確かに栄えただろうが。本当に信頼していいのか、すぐに返事をするのは無理だ。レンを使って何もしないとは言い切れないからな……もちろんそれはお前達にも言えることだがな。まずは何しろレン達がこの街に、お前達に慣れるかどうかだ」

「分かった。ではこの話はまた後日ということで」

「ああ、そうしてくれ」

一瞬、間が開く。

すると突然、パンッとフィオーナが手を叩いた。

そして今までの真剣な顔から、ニコニコの顔になる。

「じゃあさっそく、これからのことよ！　部屋のことなのだけれど、あなた達を迎えに行く準備をしながら急いで用意したから、足りないものがあるかもしれなくてね。これから確認をしてほしいのよ。もちろん三人同じ部屋よ。それから……」

フィオーナの話が止まらない。

そしてどんどん前に乗り出してきていて。我は離れるようにソファーをずれていき、気づいたらその端まで来てしまっていた。

「フィオーナ、少し落ち着け」

「あ、あらごめんなさい。私久しぶりの子育てで嬉しくて。あの子達はもうほとんど手が離れてしまっているんだもの。さぁ、あの子達のところへ行きましょう！」

フィオーナはすっと立ち上がると、ニコニコ顔のまますたっさと部屋から出て行く。

慌てて付いていく我とローレンス。

なぜだろうか？　フィオーナには逆らわない方がいいと思ってしまった。

今レン達は、兄弟どちらかの部屋にいるはずだ。気配を探って左の部屋だと教えれば、弟レオナルドの部屋らしい。

そして部屋の近くまで来ると、部屋の中からレンとルリの笑い声が聞こえてきた。

『レン！　一緒!!』

「うん！　ぐりゅぐりゅ!!」

「よし、行くぞ！」

「レオナルド、気をつけてよ！」

「きゃあぁぁぁぁ!!」

『ぐるぐる〜!!』

一体何をしているんだ？　まぁ、楽しんでいるようだからいいが。

◇　◇　◇

「入るわよ」

フィオーナさんの声がして、レオナルドお兄さんの部屋にみんなが入ってきました。

もうお話終わったの？　スノーラちょっと待っていてね。今、いいところだから。

今僕達、レオナルドお兄さんにグルグルしてもらっているの。手を繋いで、そのままお兄さんが持ち上げて、グルグル回ってくれて。

僕も、僕の背中にくっ付いているルリもグルグル。お兄さんが思いっきり早く回ってくれるからとっても楽しいんだ。

「きゃあぁぁぁ!!」

『グルグル～!!』

「さぁ、そろそろ終わりだ」

え～！　もう終わり？

ちょっぴり物足りないけど、グルグルが弱くなって最後はぶらぶら。

地面に下りたら、足がふらふらしちゃって、右の方に勝手に歩いていっちゃいました。

「おちょちょちょちょ？」

『うちょちょちょちょ？』

ルリは僕の背中にくっ付いているだけでしょう？　と、スノーラが止めてくれたよ。その後、頭をフルフルしてしっかり立ったら、ローレンスさん達はとてもニコニコしていました。

それで、これから僕達がお泊まりするお部屋に行くみたいです。

「ただのお泊まりか、そのままずっと使うか、まだ分からないけどな」ってスノーラが言ってたよ。用意してくれていたっていう僕達のお部屋はすぐそこでした。エイデンお兄さんのお部屋の前。

僕とスノーラとルリ、三人一緒のお部屋だよ。

アンジェさんがドアを開けてくれます。

お部屋の中にはテーブルとソファー、机とほとんど本が入っていない本棚が二つ。それからやっぱり窓のところに、大きなベッドとクローゼットが置いてありました。お兄さん達のお部屋と似ていたよ。

あっ、でも違うところもあるみたい。

ウサギさん魔獣の絵が描いてある、とっても可愛いカーテンでしょう。それから小さい椅子が置いてあって、これは背中のところがクマさん魔獣の絵になってる。こっちもとっても可愛いんだ。

全体的にとっても可愛いお部屋でした。

すぐに部屋に入って、ベッドのところに行きます。あれ、ベッドの横の小さなカゴが置いてあるけど、これは何かな？

ルリと二人でジロジロ見ていたら、アンジェさんが来て、このカゴはルリのベッドだって教えてくれました。

いつも僕達と一緒もいいけど、時々一匹でも寝たい時があるかもしれないからって用意してくれたんだ。もし使わないなら、ルリが好きに使っていいって。

さっそくカゴに入ってみるルリ。それで中のクッションを確かめて、『ここで寝るのもいいけど、後で考えてみる』って。よかったねルリ。ルリだけのベッドだよ。

「それから、こっちに置いてある箱だけれど。この箱にはおもちゃやぬいぐるみをしまってね。スノーラが持っていてもいいけど、もしスノーラが近くにいない時でも、これなら大丈夫でしょう？」

おもちゃ箱!!　僕はスノーラに、ローレンスさんに貰った、リスさん魔獣のぬいぐるみを出してもらって、さっそくしまってみます……なんか違う気がする。

僕は考えながらキョロキョロ。エイデンお兄さんが持ってくれている、馬車のおもちゃを見て、馬車を受け取ったら、おもちゃ箱にしまいます。

うん、これの方がピッタリ。今はまだ馬車のおもちゃしか入れてないから、貰った箱とリボンも一緒にしまっておこう。それでリスさん魔獣のぬいぐるみはこっち。

僕はベッドの方に歩いて行って、靴《くつ》を脱いでスノーラに乗せてもらったら、枕の横にぬいぐるみを置きました。

うん、これはこっちの方がいいよ。初めて貰ったぬいぐるみ。なんか側にあった方が安心する。

僕とルリが頷いていたら、後ろの方でローレンスさん達が何かお話ししていたけど、聞こえませんでした。ぬいぐるみはそっちじゃないとか話しているのかな？　でも、こっちの方がいいの。いいでしょう？

「あなた、よかったわね。ぬいぐるみはレン達にとって、大切なものになったみたいよ」

「ああ。こんなに気に入ってもらえるとは。あの満足そうな顔。今度一緒にぬいぐるみを買いに行くか」

あっ、そうだ!! 本棚にフィオーナさんに貰った絵本をしまわなくちゃ! 今度は絵本を出してもらって本棚に。一番取りやすいところにしまってと。

「他にも別の部屋におもちゃや本があるんだが。後でメイドに言って、部屋に運んでもらうから待っててくれ。かなりの量だから、運び入れるのに半日はかかる」

「そんなにか? すまないな」

「いやぁ、実はな。森へ行くことになった時、フィオーナが色々用意していたんだが……そのおもちゃや本は、全部持っていこうとしていたものなんだ。慌てて止めたけどな。そんなわけで荷馬車一台分はあるから、時間がかかるんだよ」

ふおお!! フィオーナさんそんなに用意してくれたの! ありがとう!!

僕はフィオーナさんに抱きつきます。ルリも肩にとまってありがとうをして。

でも、こんなに貰ってよかったのかな? 何かフィオーナさんにお返しができたらいいんだけど。

そんなフィオーナさんのプレゼントが運び込まれることが決定した後なんだけど……とても大変でした。

あのね、フィオーナさんとアンジェさんが、僕のためにお洋服をいっぱい用意しててくれたの。僕、それはとっても嬉しかったんだ。だって知らない子供のために、いっぱい色々用意してくれたんだもん。でもね、何回も着替えないといけないのはちょっと……

この服は？　あの服は？　って、何回も着替えて。僕は立ったままじっとしているだけだったんだけど、それが疲れてくるし、飽きてくるし。ルリも飽きてきちゃって、さっそく貰ったルリ専用ベッドでダラダラ、ゴロゴロしていました。

二十着目くらいになった時、僕はスノーラの方へ逃げました。

それでスノーラの後ろに隠れて、ブスッと膨れちゃったよ。ルリも慌てて僕の頭に飛んできて、一緒にブスッ。

それを見て、ローレンスさんとエイデンお兄さんが助けてくれました。

「フィオーナ、アンジェも、もういい加減やめないか。二人を見てみろ、あんまり無理をすると嫌われるぞ」

「そうだよ母さん。いまだに僕の洋服も、今みたいになる時あるけど、困るっていつも言ってるじゃないか」

「あ、あらごめんなさい！　私嬉しくてつい。今日はもうやめておくわね」

「だから母さん、そうじゃなくて」

エイデンお兄さんがちょっぴり呆れていると、ローレンスさんがこちらに向き直りました。

「ほら、みんな一度部屋の外へ出るぞ。スノーラ、家の中を案内したいんだが」

「ああ、分かった。レン、ルリ行くぞ」

スノーラが僕を抱っこします。

というか今フィオーナさん、『今日は』って言ったよね。じゃあまた別の日に同じことをするってこと？　次の時はスノーラに乗って逃げちゃおうかな？

なんて考えながら部屋を出たら、ローレンスさんが家の中を案内してくれました。

一階には料理を作るところや、お屋敷を訪ねてきた人達と簡単な話し合いをする部屋。あとはその時々で使用方法が変わる部屋とか、色々な部屋があったよ。

二階には客室やローレンスさんの第一の仕事部屋がありました。第二の仕事部屋もあって、それは四階にあるんだって。

それから二階で案内してもらったのは、ご飯を食べた食堂と、お風呂《ふろ》。でも三階にもお風呂があって、そっちの方が大きくて、お兄さん達が泳げるくらいの広さ。温水プールみたいだね。

次は三階。今話していた大きなお風呂でしょう。みんなが集まってゆっくりするお部屋に、親しい友人が来た時に、ゆっくり話をする部屋。それで反対方向にはお兄さん達のお部屋と、僕達の部屋があります。

続けて四階には、ローレンスさんの仕事部屋と、ローレンスさん達の部屋。それから親族が泊まりに来た時の部屋だって。

最後、五階は、パーティーフロアになっていました。五階全体がパーティーフロアなんだよ。それで、夜バルコニーから外を見ると、街がキラキラ見えてとっても綺麗なんだって。

「さっそく見てみるか？　夕食が終わったらバルコニーでお茶にしよう」

「やちゃ‼」

『ボク楽しみ‼』

今日教えてもらった以外にも部屋はあるんだけど、僕達には関係ないお部屋だったり、荷物置き場だったり、その時々で教えてくれるって。

お屋敷ツアーが終わると、みんなでゆっくりするお部屋に行きました。

「ああ、そうだ」

ローレンスさんがお茶を飲みながら、図書室の話をしてくれました。

二階に図書室があるみたいなんだけど、今改装工事中なの。二週間くらいで終わるから、それまで待っていてくれって。僕が読めるような絵本もいっぱいあるみたい。

「にちゅうかん？」

ちょうどよかった。この世界の二週間ってどのくらいなのか聞けるよ。

「ああ、二週間は十四日だ。分かるか？　一日が十四回ってことだ。一週間を七日で数えるんだよ。流石に難しいか」

あれ？　もしかして僕のいた地球と一緒？

「その他に一年っていうのもあって、それは三百六十五日だ」

「あなた、そんなに一気に説明しても分からないわよ」

「それもそうか。まぁ、あと少しで図書室は綺麗になるから、楽しみにしていなさい」

「うん‼」

まさか図書室があるなんて、とっても楽しみ‼　だけどやっぱり、一年が三百六十五日ってことは、地球と一緒だね。一週間も一緒だし。

あとは季節だけど……今の気候は、たまに半袖《はんそで》でも暑いくらい。森にいた時は、あんまり暑い時はスノーラが魔法で涼《すず》しくしてくれていたんだ。ちょうどいい季節とか、雪が降るくらい寒い季節ってあるのかな？

◇　◇　◇

我、スノーラがローレンス達と色々話していると、フィオーナが我の横に目をやり、ふふっと微笑んだ。

「あら、疲れちゃったみたいね」

「ん？　ああ、いつもなら昼寝をしている頃だからな。俺達は部屋へ行く。ゆっくり寝かせてやりたい」

「ああ、何かあればすぐに呼んでくれればいい……どう判断されるか分かりませんが、これからよろしくお願いいたします」

ローレンスが立ち上がり、頭を下げてきた。フィオーナも子供達も、その場にいた者達もだ。

「そんなに気負わずともいい。レンもルリも、今のところ楽しんでいるしな」

そう言うと、ローレンスは少し安心した顔をした。

我はレンを抱き上げ、レンの膝で寝ていたルリを手のひらに乗せて、与えられた部屋へと向かった。

◇　◇　◇

くあぁぁぁ〜。

僕は大きな伸びをしながら起きました。すぐに隣でくあぁぁぁ〜ってルリも起きたよ。

『起きたか？』

トラの姿のスノーラがソファーに座って、骨をボリボリ食べていました。おやつだって。

あれ？　僕達、みんなでお話ししてなかったっけ？

そう聞いたら、僕達が途中で寝ちゃったから、ここまでスノーラが運んでくれたって。

それからスノーラは、僕達が寝ている間に、周りの森を確認してきたらしい。ちょっと問題がある森もあるけど、大きな問題じゃないみたい。それでお腹が空いたから、おやつを食べていたって。

ぐっすりお昼寝した僕達はスッキリ、とっても元気になりました。

そうだ、せっかくだから部屋のお片付けの続きをしよう。

僕はベッドから下ろしてもらって、おもちゃ箱の方に行って、おもちゃをガサゴソ。

プレゼントの箱とリボン、別の場所にしまおうと思って。ちょっと気になっていたんだよ、おもちゃ箱なのに、箱に箱を入れるのはって。

まずは箱を取り出して、その中にリボンを入れます。それからじっと箱を見る僕。

この箱、しっかりしているな。木でできていて、ちゃんと留め具が付いていて……そうだ!!

僕はルリを呼びます。それでこの箱に、僕達の宝物を入れたらどうかなって言いました。

森から持ってきた、綺麗な石や枯れない花、それからバイバイの時に、森の魔獣さん達から貰った面白い形をしている石とか。

小さいものだから、この箱の中に余裕で入ります。それにこの箱の中にしまうって決めてれば、遊んだ後もなくさないと思うんだ。

僕の話を聞いて、箱をクチバシで突いたルリ。箱が壊れないか確認したんだ。一応スノーラにも確認してもらったら、スノーラは大丈夫だろうって。

「りゅり、ど？」

『うん！　宝物入れる！』

さっそくスノーラに宝物を出してもらって、すぐに箱の中にしまいます。全部入れても箱の半分くらいだったよ。しっかり蓋《ふた》を閉めれば完成です！

それじゃあこの箱、どこに置こうかな。クローゼットの中とか、あの机の上とか？

でも宝物が入っているから、みんなが見えない場所がいいよね。

そしたらクローゼットは絶対ダメ。フィオーナさん達がね……机の上もあれだし。う〜ん。

僕が部屋を見ながら考えていたら、ルリがぽつりと言いました。

『ここは探検ない』

「にゃい？」

そう聞いたら、洞窟みたいに探検できないねって。

確かに。家の中やお庭とか、それからもし近くの森とか遊びに行けるんだったら、探検ごっこや冒険ごっこできるけど、洞窟にいた時みたいにはできないね。

それに洞窟といえば、僕達の秘密基地の穴があったんだ。

『ボク、あの穴好き。でもここはない』

そうだね。僕もあの穴好きだったなぁ。

でもここには、秘密基地みたいにできる穴なんてないよね。ベッドの下？　それならまだ余裕で僕も入れるけど。なんだかなぁ。

ちょっと部屋の中を歩いてみます。

でも綺麗に片付いている部屋の中に、そんな秘密基地にできそうな場所はなくて。やっぱりベッドの下しかないかな？

少ししてアンジェさんが、夜のご飯の時間って、迎えに来てくれました。

窓の外を見たら真っ暗で、秘密基地のことを考えていたらこんな時間になっちゃってたみたい。

後でゆっくりまた考えることにして、すぐに移動しました。廊下を歩いていたら、僕とルリのお腹が鳴って、ちょっと恥ずかしかったです。

そしてご飯を食べ終わった僕達は、約束通り五階のバルコニーに行きました。

もうね、街全体がキラキラで、とっても綺麗だったよ。どこを見てもキラキラしているの。

そうそう、花火をしている人達もいたよ。この世界にも花火があったんだ。魔法の花火ね。火の魔法を使って、綺麗な花火を打ち上げているんだって。

僕とルリが花火の真似をして、『パッ‼』ってやっていたら、やる度にルリが変身しちゃって、みんな笑っていたよ。スノーラはまだまだだなって。

でも、ころころ色が変わるルリは、花火みたいでした。ルリ、お外では気をつけようね。

それとね、僕達が初めて街に来た記念に、今度花火を上げてくれるって。

でも大きな花火を上げるには、魔法と鉱石を使った特別な粉が必要みたい。それを用意するから待っていてくれって。僕とルリはまたまた喜んで『パッ‼』を始めます。

ローレンスさんの街、ローレンスさんの家、プレゼントに花火。

楽しいこと、嬉しいことがいっぱいだよ。

◇　◇　◇

「おい、一体どういうことだ？　魔法陣が消えていたぞ。発動後に無効化させられたようだが……俺達はお前達の言う通りにやったんだぜ」

俺はルストニアに着いてすぐに、あの貴族――コレイションと連絡を取り、顔を合わせていた。

「何だその口のきき方は、コレイション様に向かって。お前達がやり方を間違ったのではないのか！」

「お前に話してんじゃねぇ！　黙ってやがれ!!」

食ってかかってきたのは、コレイションの部下のオルボア。

こいつはいつも俺達を下に見ていて、俺達のやることなすこと、何でも文句をつけてくる。今もコレイションと話をしているのに、横からギャアギャアと。お前に用事はないんだよ！

ちなみに当然のように、例の魔法師もいる。

するとコレイションが、こちらをじっと見つめて尋ねてくる。

「ちゃんと見張っていたのか？」

「ずっと見張っていられるわけないだろう、お前らから渡された秘薬の量は限られていたんだからな。だが何回も魔法陣は確認しに行っていたし、その時は問題なかった。だってのに、魔法陣が発動して、無効化されてたんだよ！」

「コレイション様、こいつらは自分の失敗をこちらのせいにしているだけです」

「オルボア、少し黙っていろ。ふむ……」

コレイションは考え込むように顎《あご》に手を当てる。

こいつのフルネームはコレイション・ルイール。ここルストルニアの二つ向こうの街に住んでいる貴族だ。ペガサスの子供の取引と、それ以外にも何かあるらしく、数日前からここに滞在していた。それを知っていた俺は、すぐにコレイションと連絡を取ることができたのだ。

そしてコレイションが何かを考えている間、何も反応を示さず、ずっと部屋の隅に立っている魔法師。お前が魔法陣も秘薬も作ったんだぞ、何か言うことはねぇのかよ。

「……おい、あの魔法陣は、まだ不完全なものだったのか？」

コレイションが魔法師を見ると、奴はフードを外し、こちらへ音も立てずにやってくる。

おいおい、こいつは……まさかあの胡散臭《うさんくさ》い魔法師の正体がこんな大物だったとは。

確か名前はラジミールだったか？

以前、首都ベルンドアで、国の魔法機関を讃《たた》えるパレードがあった。連中は時々群れをなして街を襲ってくる魔獣共を倒したり、闇《やみ》ギルドを壊滅させたり、大活躍だったからな。

そしてラジミールは、そのパレードに参加していた機関の上層部のうちの一人なのだ。今までフードの下を見たことがなかったからな、全く気づかなかったぜ。

まさか国のため、市民のために働いているような奴が、こんなところでこんなことをしてるとは思わなかった。新しい魔法陣や秘薬を作ってまで、貴重な魔獣を攫《さら》い売り飛ばすなんてことをな。

「コレイション様、私の魔法陣は正しく設置されていれば問題はないはずです。それだけ強力な呪いをかけてありますので。その証拠に、あの森を守っているペガサス達でさえも、その存在に気づいた様子はありませんでしたし、子供とはいえ強力なペガサスを捕まえることができたのですから」

おい、今なんて言った。森を守っている奴らが、どうすることもできない呪いだと？　そんな危険なものを俺達に使わせたのか、冗談《じょうだん》じゃないぞ！

俺は立ち上がり机を蹴り飛ばした。大きな音を立てて、机が粉々に壊れる。

「おい貴様!!　何をしている!!」

オルボアが俺の方に剣を持って近づいてくる。

ふん、お前の剣が俺に届くとでも？

俺とオルボアの間に、俺の部下であるタノリーが入り、一瞬でオルボアの首には短剣が当てられた。

「少しは静かにできないのか、オルボア。お前は話が終わるまで外で待っていろ」

「コレイション様!?」

「ちょうどいい。ローレンス・サザーランドが今日、急な遠征《えんせい》から帰ってきたそうだ。何をしに森へ行ったのか、情報を集めてこい」

タノリーが短剣を下ろすと、オルボアは苦々しい表情を浮かべながら外へと出て行った。

俺は再び、ラジミールを睨みつける。

「それで、そんな危険なものを俺達に使わせただと？　挙句、見つからねぇはずなのに無効化されたじゃねぇか」

「使う者には何も起こらぬように作ってある。魔法陣が無効化された理由は分からんよ……お前達がミスさえしていなければな」

「ふん、こっちは言われた通りにやったんだ、ミスなんてするわけがねぇ」

その後も話し合いが続き、鳥のことは忘れることになった。これ以上余計なことをして、あの森の守り主に気づかれても面倒だからな。

それよりもこの街の近くで、また新たな珍しい魔獣の報告があったらしい。そのため今回はラジミールも俺達に同行して、捕まえることになった。

「おい、もし次も同じようなことがあれば、俺達は降りさせてもらう。別にお前達がその後どうするかは知らねぇが、もし俺達を消そうとするなら、俺達も全力でお前達を潰すぜ。俺達には俺達の繋がりがあるんでな」

俺はそう言い残すとコレイション達と別れた。

俺を舐《な》めていると痛い目にあうぜ。せいぜい気をつけるんだな。

さて、次の獲物を捕まえに行くまでにやることがある。また魔獣を攫うのに失敗する可能性があるし、別の金儲けを考えないとな。

そう、俺達よりも二日遅れて街へ戻ってきたサザーランドと、奴と行動を共にする子供。

あの子供、一体何者なのか。上手くいけば魔獣を攫うよりももっと金になるかもしれない。

第6章　冒険者ギルドと冒険者登録

次の日は、午前中はお庭の説明を受けて、そして午後は街を見て回ることになりました。全部一日で見るのは無理だから、何日かに分けて街を回るんだよ。

午後は最初に、冒険者ギルドに行ってくれるって。僕とルリはそれを聞いて大喜び。酔っ払い冒険者のおかげで、しっかり冒険者ギルドを見られなかったからね。

お庭を見たらそのまま街に出るから、お出かけの準備をします。

『レン！　剣忘れたらダメ！』

「うん！」

せっかく冒険者ギルドに行くんだから、レオナルドお兄さんに貰った剣を、しっかり持っていかないとね。

僕達が準備していると、スノーラが部屋に来ていたローレンスさんに聞きました。

「そうだ、冒険者ギルドのことだが。昔と変わっていないのだな？　我は冒険者ギルドに登録したいのだ。そうすれば金も稼《かせ》げるし、色々とレン達のものを買ってやれる」

「ああ。昔と変わりはない。ただ昔より登録するのが面倒になった。ステータスボードの内容をしっかりと登録するようになったんだ。不正をする者が増えてしまってね。まぁ、子供の身分証にもなるからと、登録する家族が多い」

登録すると冒険者カードっていうのが貰えて、それを街から街へ移動した時、門番に見せると、余計な手続きなしに街へ入れるんだって。

そのこともあって、小さい子供でも冒険者の登録はできるようになってるんだって。

「しかしスノーラ、君の場合、ステータスボードがどうなっているか……一応確認をしたいのだが、スノーラのものは私達が見ても大丈夫か？」

「ああ、それならば問題ない。我は自分のステータスボードを隠蔽できるからな。昔、あいつと仲間達と一緒に街に出ていた時に、人間に合わせたステータスボードを作ったのだ」

スッとスノーラの前に、ステータスボードが出ました。

おお！　これがスノーラのステータスボード！

【名前】スノーラ　　　　　【種族】人間
【性別】男　　　　　　　　【年齢】二十三歳
【称号】なし
【レベル】８０
【体力】８００
【魔力】１５０００
【能力】回復魔法　風、水、火
【スキル】なし
【加護】なし

これ、どのくらいなの？　普通の人のレベルってどのくらいなのかな？

僕がそう思っていると、ローレンスさんが微妙な顔です。

「あ〜、スノーラ。今聞いて変えたと言っていたな」

「ああ、普通の人間より、少し強いくらいにしておけばいいんじゃないかって話になってな」

「規格外の者達が考えた、規格外のステータスボードか。はぁ」

ローレンスさんがため息をつきます。

それで、ローレンスさんが言うように直してくれって。どうも今のままだと、かなりレベルが違いすぎて大騒ぎになるみたい。

年齢は問題なし。それから、他に『なし』って表示されているところ。本当はいっぱい表示されるはずなんだけど、『なし』って隠蔽しているから、これも問題なし。

問題はレベル、体力、魔力です。

ローレンスさんが数字を言って、スノーラがステータスボードに手をかざすと、スッと数字が変わりました。

そんなに簡単に変えられるんだね。僕のあの変なステータスボードも変えられない？　あとルリのも。

それで変わった後の数字はこんな感じ。

レベル５０、体力６００、魔力１００００。

でも、これでも強い方だってローレンスさんが言ってました。

ちなみに、レベルは１００まであって、冒険者の平均が４０。体力は１０００まであって、平均が５００。魔力は人で確認されている、今までの最高が２００００。平均は６０００くらいだって。

「そういえば昔魔力量とやらを測った時、測る道具が粉々に破裂したたな」

「……そうか。ちなみに隠蔽しないと魔力量はどうなるんだ？」

「上の連中に聞いた時は、５００００くらいだと言っていたな。何せ測れなかったんでな」

あ〜あ、ローレンスさん達黙っちゃったよ。それに、上の連中って？

でも、そりゃあビックリするよね。過去最高が２０００だって言っているのに、それより全然多いんだもん。

スノーラが「そういえば我も隠蔽していないものは見たことがないな。見てみるか？」って聞いていたけど、ローレンスさんは思い切り首を横に振っていました。

でも、数字を変えたからいいんだよね？　それじゃあ、あとは冒険者ギルドで登録するだけだ！

いいなぁ、僕もギルドに登録したいなぁ。子供も身分証みたいな感じで登録できるんでしょう？

そんなことを僕が思っているのが伝わったのか、ローレンスさんがスノーラに聞いてみる。

「確かレンも、冒険者ギルドで登録したかったんだよな。前にレンのステータスボードを見ようとしたら問題があると言ってたが……どのくらいの問題だ？」

スノーラは黙って、その後ニヤッと笑います。

その様子を見て、ローレンスさんはまたため息。

残念。やっぱり僕はまだ登録できそうにないね。でもまぁ、冒険者ギルドには行けるからいっか。

まずはじっくり冒険者ギルドを見て、それからスノーラの冒険者登録するところを見て。早く午後にならないかなぁ。

そして話が終わったら、午前中のお庭見学に行きました。

お庭に行って最初に思ったことは……『絶対迷子になる』でした。

僕もルリもお庭に出た最初は、とっても綺麗なお庭に感動して、あっちこっち走り回ったよ。

でも落ち着いたら、絶対に迷子になるって思ったんだ。その自信がある！

現に、森みたいって喜んで飛び回っていたルリが、一瞬迷子になっちゃった。スノーラがすぐに見つけてくれたけど、僕が迷子になるのは時間の問題だよ。

もしスノーラがたまたま僕達の近くにいなかったら？

「レン、そんなに心配しなくても大丈夫だ。レオナルドなんか何回迷子になったことか。そういう時は、必ずケビンかアンジェが見つけてくれるからな」

そうなの？

どうやらケビンさん達は、お兄さん達が小さい時、一定時間お庭で姿が見えなくなると探し始めて、すぐに見つけてくれたんだって。どうやって見つけているのか聞いたら、執事とメイドの勘《かん》だって言われたみたい。

勘って……二人とも凄いね。

そんな話をしながら歩いていた僕達は、途中からスノーラに抱っこしてもらって、お庭を見て回りました。

お庭というか、公園とか広場とか……ううん、スタジアムが何個か入っちゃうんじゃない？　ってくらい広いお庭をどんどん回ります。

そんなお庭には、噴水《ふんすい》がありました。大きな噴水が表の方に二つ、裏の方に一つ。それから池も表の方に二つ、裏に一つ。

それとお家の裏には、お庭だけじゃなくて訓練場もあったんだ。騎士さん達が訓練をする場所ね。それとウインドホース達がいる厩舎《きゅうしゃ》とか、畑も少し。あとはこの広い広いお庭をお手入れする道具がしまってある小さな小屋。色々なものがあったよ。

それから家からちょっと離れた場所に、もう一つ家が立っていました。執事さんやメイドさん、ローレンスさんの家で働いている人達が暮らしている家だって。街に家がある人以外は、ここに住んでいます。

こうしてお庭を見て回った僕達。一周しただけなのに、もうお昼ご飯の時間になっていました。これでもかなり早く回ったんだよ。

お昼ご飯を食べて少しだけ休憩したら、街に行く準備。もちろんレオナルドお兄さんに貰った剣をしっかり持っていきます。ベルトで腰のところにつけてもらったら完了！

階段を抱っこしてもらって下りて、玄関までは偽スキップね。嬉しい時、楽しい時はこれだよね。

玄関では、フィオーナさんやお兄さん達がいました。

「母さん、あれ何？　凄く可愛いんだけど面白い」

「スキップしてるみたいなのよ」

「あれ、スキップだったのか。右足と右手、左足と左手って、逆にやりにくいんじゃ」

「いいのよ、可愛いんだから」

さぁ、冒険者ギルドに向かって出発だよ‼

玄関から外を見ると、そこにはもう馬車が待っていました。

急いで外に出る僕とルリ。玄関前の階段を一段ずつ下りて、一番に馬車の前に到着です。

今日一緒に行くのはローレンスさんにフィオーナさん、お兄さん達。お兄さん達は途中で違う場所に行くみたいだけど。

それからスチュアートさんとケビンさんが、ウインドホースで一緒に行きます。

「ルリ、とりあえず冒険者ギルドに行ったら、入る前に変身して我のポケットから顔を出しておけ。興奮して変身が解けてしまっても、すぐに隠れることができるようにな」

「ふんふん、ふにゅぅぅぅ♪」

『うん！　ぴゅい、ぴゅいぃぃぃ〜♪』

「二人とも楽しいか？」

「たのちい!!」

『うん!!』

「そうか」

スノーラがニコッと笑います。僕達もニコニコ。それから……

「あら、いやだわ。もう、何でいちいち可愛いのかしら」

「あれは初めて見るな」

「父さん達も初めてなの？」

「ああ。スキップと小躍りは見たが、これは初めてだ」

「タイミングもバッチリだな」

後でスノーラが教えてくれたんだけど、僕達この時二人で鼻歌を歌いながら、お尻を振ってたみたい。右に左に、タイミングもバッチリだったって。

どんどん進む馬車。この前の大通りの十字路を左に曲がったところで、ローレンスさんが言いました。

「さぁ、もうすぐだぞ。冒険者ギルドのちょっと前で止まるから、そこから少し歩くんだ。その方が馬車を止めやすいからな」

「もうしゅぐ。りゅり、じゅんび！」

『うん!!』

僕がそう言うと、ルリはすぐに『パッ!!』と変身。それからスノーラのポケットに入りました。

その後すぐに馬車は止まって、僕達は初めての街の中へ。

それじゃあさっそくしゅっぱーつ！

「……はぁ、やるだろうと思った」

スノーラはそう言って、走り出そうとした僕の服の襟を掴みました。

ついつい走り出しちゃったよ、だって楽しみなんだもん。

でもそれからは、僕はしっかりとスノーラと手を繋ぐことになりました。また走り出すといけないし、それにこれだけいっぱい人や魔獣さん達がいる中、迷子になるといけないからね。

大きな建物が続く街の中、少し歩くと一際大きな建物が見えてきました。

横にも縦にも大きな建物が二つ並んでいて、それぞれの建物に商業ギルドの看板と、冒険者ギルドの看板がついていていました。初冒険者ギルドに到着です!!

建物の造りは、僕が地球で読んだ本に出てくる、木でできている冒険者ギルドに似ていました。でも所々レンガでできている部分もあったよ。

それから、冒険者ギルドも商業ギルドも七階建てでした。実は他の建物は五階までって決まりがあって、ギルドの場所が分かりやすいようにしてるんだって。

僕達は冒険者ギルドの前で止まって、そんな説明を聞いていました。

だけど、僕はスノーラと手を繋ぎながら、腕を伸ばす感じで体だけ前のめりに。ルリはポケットから出ないように我慢しているけど、顔だけがぐいんって。

「これは早く入った方がよさそうだな」

ローレンスさんが笑いながら、冒険者ギルドのドアを開けます。

僕はぐいぐいとスノーラの手を引っ張って中に入って——叫びそうになった僕達の口を、スノーラとフィオーナさんが押さえました。

冒険者ギルドの中には、これぞ冒険者さんって感じの人達がいっぱいいいたんだ!

大きな剣を持っている人、剣をいっぱい持っている人に、僕の体の三倍くらいあるんじゃないかってくらい大きな斧《おの》を持っている人も。それからローブを着て杖を持っている人もいたよ。

それから僕、初めて獣人を見ました。犬？　オオカミかな？　そんな耳やしっぽが付いていることと以外は、人とそんなに変わりありません。

地球で読んだ本だと変身する獣人もいたけど、あの人達はどうなのかな？　カッコいいなぁ。人よりも動きが速かったりするのかな？

キョロキョロが止まらない僕とルリ。

その間にケビンさんが向こうの方、冒険者さんが並んでいる場所に行きました。

掲示板みたいなものの前に集まっている冒険者さん達や、たぶん倒して持ってきた魔獣を台の上に置いて、おじさんと話をしている冒険者さん達が目に入ります。

それから向こうには……やっぱり昼間からお酒を飲んでいる人達がいました。だから酔っぱらって喧嘩するんじゃない？　そのせいで僕達最初、冒険者ギルド見られなかったし。

あっ!!

お酒を飲んでいる人達の中に、あの上半身裸の大きな男の人がいました。ガハハハって大きな声で笑いながらお酒を飲んでいて、周りにはこの前一緒にいた人達も一緒にいました。注意していた女の人はちょっと嫌そうな顔をしています。

じっと上半身裸の男の人を見る僕とルリ。

すると、ケビンさんが女の人と一緒に戻ってきて、僕達はその女の人に連れられて上の階に移動です。

二階までは頑張って上った僕。一階の途中まで上った時、視線を感じてそっちを見たら、冒険者さん達が僕の方を見ていて、それで笑っていました。

何でみんな僕を見て笑うんだろう？　僕の上り方、変？

「ギルドマスター、お連れしました」

そして七階まで上ると、女の人が一番奥の部屋のドアをノックしました。

「入ってくれ！」

そしたらすぐに、中から男の人の大きな声が。僕達が部屋の中に入ると、そこにはあの上半身裸の男の人くらい大きなおじさんと、ネコっぽい耳の獣人お兄さんがいました。

「ずいぶん早く帰ってきたみたいだな。待ってたぜ」

「ああ、彼がいてくれて、面倒な魔獣に遭遇《そうぐう》することもなかったからね」

「で、その子供が？」

おじさんが僕とルリをじっと見てきます。しかもなんか睨んでくるの。

僕はスノーラの後ろに隠れて、ルリもポケットにすっぽり隠れたよ。

「マスター、ただでさえ怖い顔をしているのですから、そんなにじっと見たら怖がられると、いつも言っているではありませんか。小さい子には優しく、です」

「毎度お前は怖い怖いって、俺はこれでも今笑ってるんだぞ！」

笑っている？　僕はスノーラから少しだけ顔を出して見てみます。それでまた隠れて。笑ってないじゃん、怒っている顔だよ。

「はぁ。まぁ、とりあえず座るか」

大きなため息をついたおじさんに促されて、僕達は真ん中のソファーに座りました……何で僕達の前がこの怖いおじさんなの。

「俺はギルドマスターのダイルだ」

おじさん、ううん、ダイルさんはギルドマスターでした。

僕の読んでいた本のギルドマスターは綺麗な女の人だったのに。なんかちょっとしょんぼりだよ。

ダイルさんがスノーラを見て立ち上がって、スノーラにお辞儀をします。それに続いてネコ耳のお兄さんも。

「スノーラ様、よくおいでくださいました。ご挨拶が遅くなり、申し訳ございません」

「私は副ギルドマスターのスレイブです。よろしくお願いいたします」

お兄さんは副ギルドマスターでした。

それを見て、スノーラがローレンスさんを見ます。

「おい、どこまでこいつらに話をしてある」

「森へ行く前に、君のことについては知らせておいた。それとレン達のことは、街へ戻るまでに早馬で知らせを。街へ来て早々に何かあったら、対処するのに彼の力が必要になるかもしれないと思ってね」

ローレンスさんはダイルさん達に、僕達のことを少し伝えていたみたいです。

「なら話は早いか。おい、我は敬語が嫌いだ。お前達がいつも話しているように話せ。それとあまり睨んでいると、レン達に嫌われるぞ」

「だからこれでも俺は笑ってんだよ」

スノーラに言われてすぐに敬語をやめたダイルさん。それからドカッてソファーに座ってブツブツ言っています。

本当に笑っているの？　こう、お口をニッてやったらどうかな？

それからはローレンスさんが、スノーラが冒険者登録をしに来たことを伝えて、その時にスノーラのステータスについても話しました。隠蔽前と後のことね。

もしスノーラのことでギルドで何かあった時に、うまく誤魔化してもらうためにも話しておいた方がいい、二人はとっても信用できるからってことらしい。

「ガハハハハッ！　確かに、その数字じゃあ問題だな！」

「マスター、笑い事ではありませんよ。しかし、どれだけあの方々が規格外だったか分かりますね。ですがあの方々のおかげで今の私達がある」

あの方々って、たまにスノーラが話題に出してる人だよね？　ちょっと気になるけど、そんなことより……

僕もルリもぼけっとダイルさんを見ちゃったよ。そんなに笑えるなら、さっきの怖い顔は何だったの？

「ん。どうしたボウズ？」

「あなたが笑うところを見て驚いたんでしょう。先程までむすっとしていたのに」

スレイブさんがそう言うと、ダイルさんはちょっと複雑そうな顔をします。

「だから笑ってるって言って……はぁ、もういい。おいスレイブ、ここで登録してやれ。ちゃんと隠蔽のまま登録できるか分からんからな。下でやるよりいいだろう」

おお！　もう登録するみたい。

スレイブさんが透明な水晶みたいなものが付いている台と針、それから黒色のカードを持ってきて、水晶の付いている台にカードをセットしました。

スノーラが水晶に手をかざします。そしたらすぐに水晶が白く光って、何か文字が浮かび上がりました。ステータスがそのまま水晶に出るんだって。

ダイルさん達が確認したら、ちゃんと隠蔽はできていたみたいで、「大丈夫だな」って言いました。

次は針を指に刺して水晶に血を垂らすみたい。

それを聞いた僕、思わず目を瞑っちゃったよ。

でもすぐにスノーラに、見なくていいのかって言われて。

急いで目を開けたら、水晶に血が垂れていて、その血がスッと消えました。そして水晶はほんの数秒輝いた後、元に戻ったよ。それでスレイブさんがカードを抜きます。

ん？　最初カードは黒色だったのに、今は赤になっている？

「あかい？」

僕がそう言うと、スレイブさんが説明してくれます。

冒険者にはランクがあるみたいで、上からS、A、B、C、D、Eです。色分けもされていて、上から金、銀、赤、黄色、緑、青なんだって。

「スノーラ様のランクはBとなります」

本当は最初はEからだけど、スノーラは強いからBからスタートみたい。本当はもっと上でもいいんだけど、目立つからとりあえずBがいいだろう、って。

ちなみに、Bランクの冒険者は、Bランクの依頼を受けることができます。でもそれ以上でも、ギルドの許可をもらえば大丈夫。どんどん依頼をこなして、ランクを上げたらいいって言われたよ。

カードに皮の紐を通して、ペンダントにしたものを受け取ったスノーラ。

すぐに首にかけて、冒険者スノーラ誕生です!!

僕とルリはソファーの上で『やったぁ!!』のシャキーンッ!!　のポーズをしました。

スノーラ、やったね!!

と、僕はあることに気がついて、急いでスノーラの方を見ます。スノーラをっていうか、スノーラの手を。

さっき針で刺した時、水晶にはかなりの血が垂れていたけど……ほらやっぱり、まだ血が出ていたよ。何ですぐにヒールで治さないの？

「ち！」

『スノーラ、痛い。治す』

「ん？　ああ、これか。こんなもの、舐めておけば治る」

『ダメ、すぐ治す。スノーラ、ヒールできる』

「ああ、そういえば説明しようと思っていて忘れていたな。自分にヒールを使うことはできんのだ」

ちゃんとした理由は分からないけれど、自分でヒールを使おうとしても、上手く使えなくて、怪我が治らないんだって。自分に自分の魔力を流しても、混ざり合っちゃって、相殺《そうさい》されちゃうみたい。だから治せないらしくて。

ヒールって万能じゃないんだね。

ルリがビックリした顔して、すぐに僕に、『スノーラの傷。治して』って言ってきました。

でもその時、スレイブさんがスノーラに小瓶を渡してきたんだ。

スノーラがそれを飲むと、すぐに針で刺した傷が消えて元通りに。

小瓶にはポーションっていうものが入っているって、ダイルさんが教えてくれました。

おお!!　ポーション!!　そんなものもあるんだね。

僕もルリもニコニコです。それで前を向き直ったら、みんなが僕を見ていました。

そしてローレンスさんが困った表情で口を開きました。

「あ〜、スノーラ。今の話だと、レンはヒールが使えるのか？」

「ああ、そうか。レンの力のことはまだ話してなかったな。ステータスも見せていないし」

「何だ、ローレンス。まだこの小僧《こぞう》のステータスを見せてもらっていないのか？」

ダイルさんが不思議そうにローレンスさんに尋ねます。

それからローレンスさんは、僕達が街に来るまでのことと、それからステータスについてスノーラと話したことを、ダイルさんにお話ししました。

「……そういうことか。確かにスノーラの言うことも分かる。が、これからもし街で暮らすなら、カードは作った方がいい。冒険者カードは色々な場面で使えるし、色々と面倒が省けるからな。ローレンスの書類でもいいが持ち運びが面倒だし、失くしたら大変だ」

あの書類、作り直すのにかなり時間がかかるんだって。二ケ月くらい？

そうなったら僕は街から出られないし、出られたとしても、今度は入れなくなっちゃう。それは困るなぁ。

それと、こっちの方が僕としては大事なんだけど。

スノーラは冒険者になったから、冒険しに行くよね。そうしたら毎回ではないけど、僕達絶対に付いていくつもり。

それで、冒険者が冒険に出る時は、ギルドの受付に、予定を申請しておかないといけないんだって。もし帰ってこなかったら、捜索隊《そうさく》が出ることもあるみたい。

僕達も、スノーラと一緒に行くならその申請が必要なんだ。でもあの書類だと、受付の人の確認することが増えちゃって、次の日にならないと冒険に出る許可が下りない可能性があるんだよ。

……どうしてそんな面倒なの？

「まぁそんな顔をするな。安全のためには必要な手続きだからな。まぁ俺としては、色々面倒だから作ってくれた方がありがたい。ガハハハッ!!」

「マスター、あなたはそういった仕事はしないでしょう。私が全てチェックしているのですから」

そっかぁ、色々あるんだね。でも、僕のステータスは見せない方がいいって、スノーラが言ってるしなぁ。

チラッとスノーラを見ます。

そしたらスノーラは何かを考えているみたいで、じっと一点を見つめたまま。何かブツブツ言っていたけど聞こえませんでした。

少しして僕の方を向いたスノーラは、ニコッと笑った後、ローレンスさん達に言いました。

「話がある。ちょっと面倒な話だから、レン達を別の部屋で預かってもらえないか？　……分かるか？　お前達に話があるということだ」

　するとローレンスさんとオフィーリアさんが頷きました。

「……分かった。スレイブ、隣の部屋にレンとルリを連れて行って、相手をしてやれ」

「スレイブは魔法が得意なのよ。見せてもらうといいわ」

　おお！　魔法が得意!!　どんな魔法かな？　僕は隣の部屋に行くのに、スレイブさんの手を握りました。

　魔法が楽しみで、繋いだ手をブンブン。でもスレイブさんは止まったまんま。見たら変な顔しているの。

「いかにゃい？」

「いえ、行きましょう」

　すぐにニコッと笑ったスレイブさん。どうしたのかな？

「ガハハハッ！」

　その時ダイルさんが大きな声で笑いました。でもスレイブさんがダイルさんの方を見た瞬間、ダイルさんがピシッと固まったんだ。

「マスター？　何を笑っているのですか？」

「い、いや、何でもねぇ。ほら早く行け」

「ああ、後程話が終わりましたら、今日中に仕上げてもらう書類がありますので。楽しみですね、

「今日は何時に帰れるか」

ダイルさんは凄く汗をかいていて、ローレンスさんは相変わらず微笑んでいて。

よく分からないまま僕とルリは、スレイブさんと手を繋いだまま部屋を出ました。

◇　◇　◇

「相変わらずだな、スレイブは」

「まったくだ、どうにもあいつは手加減を知らない」

「あら、それはあなたがいけないのでは？　今回もかなり仕事を溜めているのじゃない？　それに彼が怒る時はちゃんと正当な理由があるわ」

レン達が部屋から出て行って、ローレンス達がそんな会話を交わしているのを、我、スノーラは見ていた。

何だ？　あのスレイブという男、何かあるのか？　まぁいいか。

「さて、レンについて話をしなければ」

皆が我の方を向く。

これから街で生活するとなれば、レン達は必ず我に付いてくる。全てではないにしろ、あれだけ冒険者や探検ごっこが好きだからな。

それに、この前カッコいい我の姿を見たいとも言っていた。そんなレン達の言葉に、我もいいところを見せたい。

他にも色々便利なようだし、やはり冒険者登録はしておいた方がいいだろう。

そうなると、レンのステータスが問題になる。内容もだがそれ以上に表示方法がな。

「お前さんでも、あのボウズのステータスを隠すってことは、かなりまずい能力が表示されているんだろう？」

「いやまぁ、そうなのだが、どちらかというと表示方法がな……」

ダイルは「表示方法？」と首を傾げていて、そこにローレンスが口を開いた。

「スノーラ、先に言っておく、ダイルは誰よりも信用できる人物だ。もし何かあっても必ず我々の味方になってくれる。だから私は彼に話したんだ。仮に私が仕事で街を空けた際に何かあったとして、レンを守れるのは彼しかいない。そして彼の部下のスレイブも信用できる」

ローレンスがそこまで言うのだ、確かに信用できる男なのだろう。

ならばここは、賭《か》けてみるか。

……まぁ何かあれば、以前ローレンス達に警告していた通りに動くだけだ。

「レンのステータスを見て、それを黙っていられるか？」

我の言葉に、ローレンス、オフィーリア、ダイルが頷く。

「それはもちろん。私は絶対に外へは漏らさない」

「私もよ。レンが不利になるようなことをするはずがないわ」

「俺だってそうだ。大体、ギルドマスターである俺が勝手に人のステータスをバラすなんてことがあれば、ギルド全体の信用に関わるからな。だが、カードを使うとどうしても内容が表示されることになる。スノーラ、カードを貸してみろ」

ダイルが我からカードを受け取り、先程の台にカードを差すと、水晶に文字が浮かび上がり、我の名前などが表示された。なるほど、こうなっているのか。

「こうして表示されるわけか。カードに登録するのは、ステータスボードにある情報全てか？」

「いいや。子供の頃はまだ能力が定まっていないからな。非表示の部分も多い。言ったろ。街に早く入るため、その他の作業を早く終わらせるために作るようなものだと。子供はほとんど、内容は関係ないんだ」

「なるほど。もし能力に変化があった場合は、このカードにも反映されるのか？」

「いや。その場合は、この機会で情報を更新する必要があるな」

そうか。ならば上手くいけば、レンは登録できるかもしれない。

勝手に更新されないのなら、登録の時だけでもあの変な伝言を消し、最低限の内容だけにすればいい。奴らに伝言を外せと言えば消すだろうか？　我が見る時はあのふざけたステータスボードでもいいだろう。

だがやはりレンのステータスボードを見せる前に、先に警告しておこう。

「もし、少しでもレンにとって不利益があると感じた場合、情報が漏れたと感じた場合、そして我が気づかずとも、情報が漏れてレン達を狙ってくる者達が現れた場合……我はすぐにお前達を、この街ごと消し去るぞ」

我の威嚇《いかく》に、ローレンス達は汗を掻きながら深く頷く。

本気であると、これで伝わっただろう。我は決して脅しで言っているのではない。

だがこの街を消す、ローレンス達を消すなんて話、レン達には聞かせられないからな。だから出てもらったのだ。

「よし、お前達にレンのステータスを見せよう。その後、我から奴らに言ってみるが、それができなければ、今は諦めるしかない」

「それはどういう意味だ？　奴らとは？」

「お前達が祈《いの》りを捧《ささ》げている者達だ」

「は？」

「今回まだ直接話はできていないが、何回か接触してきていてな。そのせいでレンのステータスボードがおかしくなっているのだ。奴らめ、伝言板に使いおって」

我の言葉に、ローレンスが目を白黒とさせる。

「ちょ、ちょっと待て、スノーラ。接触って、何回も!?」

「ああ、レンが我と出会った時からな。さぁ、レン達を呼ぶぞ」

「いや、ちょっ。そういうことは先に言っておいてくれ。私はてっきり初めに何か神託《しんたく》があったのかと」

「直接言ってきたぞ？　……いや、それも神託の一種か？　まぁ、そんなことはどうでもいいであろう」

「そんなことって……はぁ」

我はため息をつくローレンスを無視して立ち上がり、レンを呼ぼうとする。

と、そうだ。もう一つ言うことがあったな。

「レンのことを注意するのとは別に、もう一つ話すことがあった。何かよからぬ気配がこの街に漂っているぞ」

部屋の中がピリッとなる。

「どういうことだ？」

「我もこんな感覚は初めてでな。そうだな、この街だけではない。ここに来るまでに寄った街でも同じ気配がした、周辺の森でもな。これについてはレンの冒険者登録の後でまた話す。とりあえずレンの話からだ」

我の言葉に、ローレンス達が息を呑《の》む。

レン達は街を気に入っているからな。なるべく街に残りたいが、もしかしたら……

◇　◇　◇

部屋から出て隣の部屋に行った僕達に、スレイブさんはジュースを出してくれました。

それから、どんな魔法が見たいか聞いてきます。

「ぼく、きりゃきりゃ」

『ルリは、ピカピカ！』

昨日の夜景がとっても綺麗で、花火もとっても綺麗だったから、今、僕とルリはキラキラ、ピカピカしている魔法が見たいの。

スレイブさんはニコッて笑った後、後ろの棚から何かを持ってきます。

なんだろう？　って思っていたら、いきなりボンッ‼

爆発したみたいな音と、手から煙《けむり》が出たんだ。

僕もルリもビックリ。ルリは口からジュースをポタポタ零していたよ。僕も口から出しそうになっちゃったけど、なんとか我慢しました。

急いでスレイブさんのところに行く僕達、それで手を確認したんだけど……

「ちぇ、いちゃい？」

『爆発⁉』

「ふふ、大丈夫ですよ。今のは爆発ではなく、鉱石、石を砕《くだ》いたんです。この粉が、花火に必要なんですよ」

手を開いて見せてくれるスレイブさん。手の中には粉があって、その粉から少しだけ煙が出ていました。

これが花火の元？　席に戻る僕達。

「上手く魔法を使えば、この部屋の中でも花火を見ることができるのですよ」

スレイブさんの手がポワッと光って、すぐでした。

とっても小さい光の玉が、ヒュッ、ヒュッ、ヒュッてスレイブさんの手から上がって。

かと思ったら今度は、パンッ‼　パンッ‼　パンッ‼

僕の顔くらいの花火が打ち上がったんだ。

それだけじゃありません。こうシュワワワッって感じの花火に、ニコッと笑っているニコちゃんマークの花火に……小さいのに本物の花火が打ち上がったんだよ。

僕もルリも拍手です。拍手だけじゃないよ、足も使ってパチパチパチ。ルリは足が上手くできなくて、代わりにしっぽをふりふり。拍手とふりふりって、それも難しいんじゃ？　ま、いっか。今は花火だよ。

「しゅれぶしゃん！　しゅごい‼」

『小さい花火、綺麗で可愛い‼』

「気に入っていただけたようでよかったです」

その後も色々魔法を見せてもらった僕達。

水の魔法でお魚さんを作って空中を泳がしてくれたり、風の魔法で作った蝶々《ちょうちょう》をヒラヒラ飛ばしだり。

スレイブさんの魔法、とっても凄かったよ。

本当はもっと見せてもらいたかったんだけど、スノーラが呼びに来ちゃいました。

「何だ、ずいぶん懐いたみたいだな」

「しゅにょー！　しゅれぶしゃんしゅごい!!」

『もっと魔法見たい!!』

『じゃあ、また今度見せてもらえ。今日はこれからまた話がある。スレイブよ、また頼んでもいいか？」

「ええ、時間がある時でしたら」

こうして僕達は、最初の部屋に戻りました。今度はスノーラとスレイブさん、両方の手を繋いでね。

それで部屋に入ったら、またダイルさんが笑いそうになってました。でも笑いは途中で止まって、ピシッとソファーに座ります。どうしたんだろ？

「さらに残業時間が延びそうですね」

スレイブさんがそう言いました。
残業？　この世界にもあるんだね。
ソファーに座る前に、スノーラが僕のステータスを確認したいって言いました。
みんなに見えないように、僕はステータスボードを出します。

【名前】レン　　　　　【種族】人間
【性別】男　　　　　　【年齢】二歳
【称号】＊＊＊
【レベル】1
【体力】1
【魔力】＊＊＊
【能力】回復魔法初級ヒール（使える魔法が多くなると面倒なので呪いも消せるようにしておいた）
　　契約者　その他色々　まぁ大体使えるようになる予定、みたいな？
　　あ〜、後程、色々修正する。ちょっと待て。
【スキル】＊＊＊
【加護】＊＊＊

また伝言が増えていたよ。ちょっと待てって何をさ。

と、思っていたらスノーラが大きなため息をついて、これからみんなに僕のステータスを見せるって言ったんだ。

え？　大丈夫なのこれ？　僕もだけど、スノーラもこのステータスボードがおかしいと思っているから、みんなに見せなかったんでしょう？

「いいにょ？」

「ああ。やはりステータスは必要らしい。ちゃんと他に話さないように注意したから大丈夫だ。それにこの伝言だと、おそらく登録する時には修正されるだろう」

そう？　スノーラが大丈夫って言うならいいんだけど。

僕は一旦ステータスボードをしまってから、みんなのところに。

そしたらフィオーナさんが聞いてきました。

「初めての時もそう思ったけれど、レンは水晶を使わなくてもステータスボードが出せるの？　二歳くらいの子のほとんどは、魔力をうまく使えないから、水晶で確認するんだけど」

「ああ、我が手伝えば問題はない——よし、今からレンのステータスを見せるが、質問は受け付けん。いいか？　我も困っているのだから聞いてくれるな」

またスノーラに手伝ってもらって、ステータスボードを出す僕。

そしてみんなが僕のステータスボードを見た瞬間、動きが止まりました。

どのくらいの時間そんな感じだったか分からないけど、最初に声を出したのはダイルさんだったよ。

「ガハハハハハッ！　確かにこれはスノーラ以上に、人に見せられんわな!!」

「これは一体……」

スレイブさんはビックリ。

「あらあら」

フィオーナさんはニコニコ。

「何だこれは……」

ローレンスさんはガックリになったよ。

「いや、これは本当に伝言板だな！　ステータス自体もおかしくて気になるが、それよりも伝言の方が気になる、ガハハハハッ!!」

「マスター、失礼ですよ！」

「だってお前、こんなの見たことあるか？　面倒？　みたいな？　ちょっと待て？　どう考えても伝言板だろう」

その後やっと笑うのをやめたダイルさん。それからはみんな真剣な顔で、ステータスボードを見ていました。

「この様子だと少し経てば、ステータスボードが修正されるってことだろう？　じゃあまた明日にでもここに来て、登録できそうだったらすればいいさ。表示されていないところも問題はない」

「そうか。なら、明日また来るとしよう」

何のことかと思っていたら、僕のステータスボードが伝言板通りなら、僕も冒険者ギルドに登録できるんだって。

わわ⁉　本当⁉　嬉しい‼　誰だか知らない人、早く直して‼　あっ、でもそうすると、針を刺さないといけないんだよね。あれはちょっと……でも登録したいし。

「何を喜んだり、難しい顔をしたりしているのだ。明日またここへ来るぞ。今日はこれからまた話があるから待っていろ。今度はここにいていいから」

え～、まだ話があるの？

その後スノーラはみんなに、今の街について話していたよ。

何か変な感じがするから気をつけろって。気配がどうとか、今までに感じたことのない力を感じるとか。何か難しい話だったな。

やっとお話が終わって、その後は街の中を少し歩いた僕達。商業ギルドもちょっと寄ったけど、また別の日に来ることになったよ。ギルドマスターが何かの用事でいなかったから。

それでね、僕達、カバンも買ってもらいました。

ギルド登録したら、冒険に行くでしょう。そうしたら荷物を入れるカバンが必要だからって。

初めてのカバンは子供用の首から下げる可愛いカバンで、何とスノーラの魔獣姿の可愛い顔のイラストが入っているんだ。それも、特別に作ってもらったものじゃなくて、既製品っていうのかな、それで売ってたの！

あんまり嬉しくて、首から下げていたカバンをぎゅっと抱きしめてたら、ローレンスさん達が笑っていたよ。

本当はもっと色々見たかったけど、すぐに夕方になっちゃって。街を見るのはまた今度になりました。

とっても楽しい一日だったな。


そんなこんなで、冒険者ギルドに行ってから六日が経ちました。

でもまだ僕のギルド登録はできていません。

だって、ギルドに行った次の日に、ステータスボードを確認したんだけど、まだ修正されてなかったの。残念だけど冒険者登録は中止に。ケビンさんがダイルさんに伝えに行ってくれて、結局一週間待つことになったんだ。

ダイルさんが出かける予定があって、それで一週間後になったんだよね。

どうも僕のステータスの話をした後に、スノーラ達が話していたことが関係あるみたいです。

えっと、街に変な感じがするとか？

ローレンスさんもフィオーナさんも、みんなバタバタしていたよ。

今日は天気がいいので、僕とルリはエイデンお兄ちゃんと一緒に、表の大きな噴水のところで遊んでいました。スノーラは森を見てくるって、朝から出かけています。

あっ、それからね、お兄ちゃんって呼ぶようになったんだ。

初めて会った日は恥ずかしかったけど、もう慣れたからね。だからこの前からお兄ちゃんって呼んでいるの。

初めてお兄ちゃんって呼んだ時、二人とも、なんか壁の方を向いて俯《うつむ》いて、それからちょっと震えていて。使用人さんやメイドさんも、ちょっとだけプルプルしていたよ。

なんでって思ったけど、スノーラは放っておけって。あれ、何だったのかな？

噴水はシャワワワ〜って水を出していて、僕達はバシャバシャ、水をかけあってます。暑いからとっても気持ちいいな。

そうそう、噴水の水も、魔法で上がってるんだって。魔法って色々使い方があって面白いね。

噴水の水をパシャパシャする僕とルリ。

その時一瞬、噴水の水が止まった気がして、僕は上を見上げました。

そうしたら噴水のてっぺんのところに、人型のスノーラくらいの若い男の人が立っていたんだ。

いきなり人が現れたから、僕もルリもぼけっとその男の人を見上げます。男の人もじっと僕達を見てきて。

でもエイデンお兄ちゃんは違いました。

素早く動いて僕達を後ろに隠して、それから剣を構えたんだ。

僕もルリもビックリ。それからすぐにエイデンお兄ちゃんは光魔法の玉を上へ打ち上げました。

「お前は誰だ？　ここで何をしている？」

「ここに奴が来ているだろう？　少し前から気配を感じていた。そしてその子供達から、奴の匂いを強く感じる」

「奴？　誰のことを言っているか分からないけど、ここはサザーランド家の屋敷。君は一度も見たことがない、完全に部外者だ。どこから入ったか知らないけど、理由はどうあれ、拘束《こうそく》させてもらうよ」

お兄ちゃんが剣を構え直した時、向こうからケビンさんと騎士さん達が走ってきました。

そして最初にケビンさんが男の人に魔法を放ちました。光魔法かな、周りが眩しくなって、僕は目を細めます。

そんな中、エイデンお兄ちゃんが僕を抱き上げて、走り始めました。

「じっとしててね」

そう言われてそのましっかりと、お兄ちゃんにくっ付いて静かにする僕とルリ。でもケビンさんの僕達を呼ぶ声が聞こえた瞬間、お兄ちゃんが止まりました。

振り向くと、そこにはさっきの男の人がいました。

「私は奴に用事があるのだ。お前達、奴の居場所を知っているだろう？　どこにいる？　気配を消して動いているせいで分からんのだ。その子供に聞いた方が早いか？」

「だから何のことだい？」

「あちらの森を守っていた奴がここにいる。奴がこのような場所に来るなど何十年ぶりか。今度の出来事に関係しているのではないのか？」

「森？　出来事？」

「お前に話すようなことではない。そもそも人間と話をするのすら私にとっては……だが、奴の居場所は知りたいから仕方なくここへ来たのだ。その子供達が関係しているならば、無理矢理その子供に聞くだけだ」

男の人が僕の方に手を伸ばしてきます。

僕がエイデンお兄ちゃんに必死にしがみ付くと、お兄ちゃんは僕を抱っこしたまま、男の人とは反対方向に行こうとしました。その頃には、ケビンさん達も追いついてきていました。

でも男の人は、また一瞬で移動したんだよ。ぴょ～んと軽く跳んでね。

そして僕達の前に来ると、僕の方に手を伸ばしてきました。ケビンさんが今度は剣で攻撃しようとした時でした。

「何をやっているんだ？」

僕達と男の人の間に、いつの間にかスノーラが立っていました。

「まったく、我がいない間に、一体何をしているんだ。お前達下がれ……それとお前もだ」

スノーラに言われても、ケビンさんも騎士さんも下がりません。

でも男の人だけはもう、僕を見ることをやめて、スノーラだけを見ていました。

「何だ、いるではないか。なぜすぐに出てこなかった？　いや、先程までは気配がなかったからな、どこへ行っていたのだ」

「調べることがあってな。それより一体何の用だ……エイデン、ケビン、こいつは我の古い友人だ。剣を下ろせ」

スノーラはそう言って、ちらりとエイデンお兄ちゃん達の方を見ました。

「本当に大丈夫なの？」

「ああ。何かしてきたとしても、我の方が強いから心配するな」

スノーラの言葉に、ゆっくり剣を下ろすお兄ちゃん達。

それを確認したスノーラが、男の人に話し始めました。

「久しぶりだな」

「ああ。と、それは今どうでもよい。それよりもお前に聞きたいことがある。お前もおかしいと思ってこの街へ来たのだろう？」

「何のことだ？　我はレンとルリを街へ連れてきたのだ。まぁ確かにこの街も、近辺の森や林なども、おかしい気配があるんでな。それを今日、確認しに行っていたのだが」

『どういうことだ？　レン？　ルリ？』

「まぁ、ここで話すのもなんだ。我らの部屋で話そう」

スノーラが歩き始めようとした時、ローレンスさんが急いで僕達のところに来ました。それで「不審者を家の中に入れることはできない」って。

そりゃあそうだよね。みんな見たことがない人で、いきなり現れて、僕のこと捕まえようとしたんだよ。

いくらスノーラが知っている人とはいえ、みんながまだちゃんと納得していないのに、そんな人をお家に入れちゃダメだよ。

僕もローレンスさんの言葉に頷いていると、スノーラはため息をつきました。

「この男は不審者ではない。おい、変身を解け。そうすればこやつらも納得するだろう」

「何だ、誰も気づいていないのか？」

「お前……この感じだと、お前ももうずっと人前に出ていないのだろう？　みんな忘れているし、知らない奴もけっこういるぞ」

「はぁ、気配だけで昔の人間は気がついたが。それだけ力が衰えているのか？」

「違うな、衰えたのではない。その証拠に、ここにいる者達も、街にいる騎士や冒険者達も、なかなかに力を持っている者が多い。あの時と違うとすれば、今この世界は平和で、我らのことを知らずともやっていけているということだ」

「それで感覚が鈍《にぶ》ってしまったのか。残念なことだ」

と、話が途切れたところで、男の人の体が少しだけ光って、スノーラが変身する時みたいにポンッ！　ってなりました。

そうしたらそこには、羽が生えていて、ツノも生えている、真っ白なお馬さん魔獣がいました。全体的にふわふわふわしている感じだよ。

「ペガサス様⁉」

ローレンスさんが大きな声で言いました。

あ、やっぱりペガサスだよね‼　わあぁぁぁ‼　本物のペガサスだよ。まさか会えるなんて‼　とっても気持ちよさそうな毛並みだなぁ。ぎゅって抱きついてみたいなぁ。

驚いているエイデンお兄ちゃんが僕を下に下ろして、僕は無意識にペガサスの方へ。ルリは僕の肩に乗ったまま一緒に近づきます。

そんな僕達を、スノーラが止めます。

「レン、ルリ、彼はペガサスの長《おさ》で、名はブラックホードだ。ブラックホード、こっちはレンとルリで、我の家族だ」

「何、家族だと⁉　ええい、くそっ、色々聞きたいことはあるが、それは後だな。まずはこちらの問題を解決しなければ」

再び人の姿になるブラックホードさん。

最初スノーラは、僕達のお部屋で話をするって言っていたけど、ローレンスさんがちゃんと客室へ通そうって言いました。

客室に向かっているその少しの間に、スノーラがちょっとだけ僕の話をしたら、ブラックホードさんは驚いていたよ。あいつの関係者なのかとか、契約しているのかとか、まぁ色々と。

ブラックホードさんも、いつもみんなが言う『あいつ』のことを知ってるんだね。

メイドさんがお茶を運んできてくれて。客室には僕達とローレンスさん、エイデンお兄ちゃんとケビンさんが残りました。

「で、今日はどんな要件でここへ来たんだ？」

「恐れながら、ブラックホード様はレン様を無理矢理お連れしようとしていました」

スノーラが話を切り出すと、ケビンさんがすかさずそう言いました。

そしたらスノーラがブラックホードさんを睨んで……でも、すぐにブラックホードさんはすぐに頭を下げました。

「お前の匂いが一番強いこの子供に、お前の居場所を聞こうとしていたのだ。レンといったか、怖い思いをさせたようだ、すまない」

「はぁ、まったく」

スノーラは呆れたようにため息をつきます。

何でそんなにスノーラに会いたかったか知らないけど、もう怖いことしないでね、僕ドキドキだったんだから。謝ってくれたからいいけど。

そう思いながら、僕は頭を横に振ります。

ブラックホードさんはそれを見て微笑むと、時間がおしいって言うように、さっそく口を開いたよ。

「私の息子が消えてな。どうも攫われたようなのだが……何か知らないか？」

それまでの経緯とか何も話さないで、いきなり聞いてきました。

息子さんが攫われた？　どういうこと？

僕とルリが首を傾げていると、スノーラの顔が無表情になった後、厳しい表情に変わって。ローレンスさんは頭を抱えました。

「それはいつだ？」

「約一ヶ月前だ」

「そんなに経つのか？」

「ようやく手がかりを掴んだのが少し前でな。それと息子がいなくなる少し前から、街や森で感じるようになった、あの変な気配。私は今回息子が攫われたことと、この変な気配が関係しているように思うのだ」

ブラックホードさんは息子さんを探しながら、毎日街や森、色々な場所を調べていました。

その時スノーラが街に来る気配を感じたんだって。もしかしたら街や森の様子がおかしいから、それを調べに来たのかと思ったみたい。

それならスノーラと話をしようって、急いでローレンスさんのお屋敷に来たんだね。

「詳しく初めから話せ。我もこの気配は気になっていたところだ」

◇　◇　◇

まったく、異変を感じて急いで帰ってきてみれば、我の古い友人、ペガサスの長《おさ》のブラックホードが庭にいるではないか。

しかもエイデン達はブラックホードに剣を向けているし。何をやっているんだ。

皆の間に入って落ち着かせてから場所を変えた後、どうしたのか聞けば、奴の息子が攫われたらしい。

街や森の異変に関係あると考えたブラックホードは、我が街に来たことを知って、その異変に関係があると思ったのだろう。

だが我は、たまたまレンとルリとここへ来ただけだからな。

確かに異変は感じていたが、ペガサスのことまで関係しているかどうか。

だから我はまず、この変な気配について聞くことにした。

我がここへ来た時には既に、この変な感じはあったからな。

実際、森を出る前、我の森でも異変は感じていた。が、途中でそれは完璧に消え、だからカースに森を任せられたのだ。

しかしここまでの他の街でも同じような違和感があって、だからこそ、我も色々と調べようと思ったわけだが……

「約一ヶ月前、森に変化が起きて、私は森の魔獣達に警告をしていた。何かあればすぐ私に知らせるようにと。もちろん息子にも、一人で出歩くなと言ってあったのだが」

奴の息子がいなくなったその日。息子は他のペガサスの子供達と遊んでいたらしい。

それで喉《のど》が渇《かわ》いたと湖へ行ったのだが、なかなか息子は戻ってこず……心配した他の子供達が湖へ行くと、そこに姿はなかったそうだ。

ただ、息子はいなかったが、あるものが残っていたという。

それは、地面に描かれた魔法陣。

だがその魔法陣は消えかけだったため、子供達は急いでブラックホードに伝えたそうだ。

急いで湖に向かったブラックホードと大人達だったが、着いた時には魔法陣は三分の一も残っていなかった。そしてその魔法陣が消える瞬間、微かにだが息子の匂いと気配がしたと言う。

魔法陣を使うのは人間か獣人に多い。それでブラックホードは、息子が人間達に攫われたと考えた。

そして森や林で起こっている変な気配も、その人間達のせいだと考え、ずっと調べていたそうだ。

そしたら、自分と同じように力を持つ我がやってきたため、話を聞きに来た――ということだぞうだ。

しかし、魔法陣だと？　もしやルリを捕まえようとしたのと同じものか？

しかしルリの時は、魔法陣は近くになかったが……いや、レンの魔法で消えたのかもしれんな。

それに時間がどれくらい経っていたのかは分からないから、既に消えた後だった可能性もある。

我はブラックホードに、その魔法陣について聞くことにした。

「魔法陣とは、お前が見たことのあるものだったか？」

「三分の一しか見ていないからな。だが、私は見たことのない魔法陣だった」

「そうか……実はな、我も最近、魔法陣について、色々とあってな」

我はそう前置きして、ルリのことを話した。

「――お前の森でもそんなことがあったのか」

「ああ。それで調べたのだが、結局何も分からないままだった」

「人間の気配は？」

「それが全く。人間達が入ってくれば気づかないはずがない。だがあの時はいっさい何も感じなかった」

「我らと同じか……その魔法陣、我らのところのものと同じかもしれないな」

ブラックホードは難しい顔をする。

「ルリは助かったが、気づくのが遅れていたら、呪いのせいで体力を消耗《しょうもう》して死んでしまっていただろうな。今のお前に言うのは心苦しいが、お前の子も連れ去られた可能性が高い」

「まったく、いつの時代も、人間達のすることは……だが、ルリが生きているということは、私の息子が生きている可能性は高いだろう？」

ブラックホードがじっと我を見てきた。

「確かにルリは生きているが、どうやら呪いが片方の羽にしか当たらなかったようだからな。まぁ、体が小さいから呪いが効きやすく、体力の消耗が早かったのもあるだろうが……その点で言えば、お前の息子は話を聞く限り、体の大きさも、魔力もルリよりも上なのだろう？　ならばまだ可能性があるかもしれん。が、捕まった後にどうなったかまでは何とも言えないからな。覚悟はしておいた方がいいだろう」

「そうか……やはりそうか」

ブラックホードが下を向く。

話が途切れたところで、レンとルリがブラックホードの方へ歩いていった。

そしてなんと、ちょっともじもじした後に、ブラックホードに抱きついたのだ。

「りゅり、げんき、だからだいじょぶ！」

『うん！　ボク、今とってもお元気!!　きっとペガサスも大丈夫！』

「ぺがしゃしゅぱぱ、げんきだしゅ！　ぺがしゃしゅ、しゃがしゅ！」

『僕達も探す!!』

いやいや、お前達は動いてはダメだ。何かあったらどうする。

だが……今のレン達の言葉を聞いて、ブラックホードがここへ来て、初めて少し笑顔を見せた。

「お前達は優しいな。さすがスノーラの家族だ」

そう言うとキリッとした顔に戻り、「これからのことについて話がしたい」と言ってきた。

我はしっかりと頷く。

レン達を守るためにも、そしてレン達が言ったように、ブラックホードの息子を助けるためにも、この森や街の異変は解決しなければ。

それにはローレンス達の力も必要になるだろう。我がローレンス達を見ると、ローレンス達もしっかりとした顔つきで、我に頷いてきた。

◇　◇　◇

ブラックホードさんの息子、ペガサスの子供がいなくなったなんて。しかももしかしたら、ルリと同じ魔法陣で連れ去られたかもしれないんでしょう？

もう!!　誰がそんな酷《ひど》いことするんだろうね！

ローレンスさん達は、そういう悪い人達を捕まえてくれているらしいけど……悪い人達、みんないなくなっちゃえばいいのに。

自分が一度、そういう目にあえば苦しさが分かって、悪いことするのやめるんじゃない？　お話の途中で、とっても寂しそうな表情になったブラックホードさんに、僕とルリは抱きつきます。

元気出して、ルリは元気になったよ。それで今は僕と一緒に元気に遊んでいるよ。だからきっとペガサスの子供も大丈夫、って。

ブラックホードさんは、そんな僕達にちょっとだけ笑いました。

うん！　元気出して。それでみんなでペガサスの子供を見つけよう!!

僕とルリは頷いて、ドアの方にフンフン歩いて……そうしたらスノーラに捕まっちゃったよ。

「こら待て、お前達が行ったら、逆に面倒なことになるだろう」

何で？　だってみんなで探した方が、見つかる可能性が高くなるでしょう？

そう思ったのが伝わったのか、スノーラは首を横に振りました。

「探すのは我々の仕事だ。これからその話をするから、少し静かに待っていてくれ。そしてその話が終わったら、ステータスボードを確認して、問題がなければ一日早いが冒険者ギルドに登録しに行ってやる。こっちも大切なことだからな。昨日ダイルが帰ってきたのは気配で分かっている」

え？　本当？

それならってことで、僕とルリはすぐにソファーに戻ります。その後も話し合いは続いて。

その結果、森や林なんかの人が入れないような場所は、ブラックホードさんや仲間のペガサスさん達、それから森の魔獣さん達が調べることに。街の中や、森の周り、少し森に入った辺りは、スノーラとローレンスさん達が調べることになりました。

街で変な気配がするって言われたら、ローレンスさん達だって放っておけないし。しかも人間がこの事件に関係しているなら、きちんと責任を持って調査しないとって言っていました。

話し合いが終わると、ブラックホードさんはすぐに帰っていきました。

スノーラと情報の交換をするから、時々ローレンスさんのお家に来るって言ってたけどね。

そうそう、それからね、子ペガサスが無事に戻ってきたら、一緒に遊んでくれるか？　って聞かれたんだ。

もちろんだよ！　僕達友達いっぱい、とっても嬉しいもん。

早く子ペガサスが見つかるといいなぁ。あっ、もし見つかった時、ルリみたいに具合が悪かったら、僕がヒールで治してあげられないかな？　後でスノーラに聞いてみよう。

ブラックホードさんが帰った後は、僕のステータスの確認です。

スノーラに手伝ってもらって、ステータスボードを出す僕。

もう大丈夫かなって、ドキドキしながら見ます。

［名前］レン　［種族］人間
［性別］男　［年齢］二歳

【称号】＊＊＊
【レベル】１
【体力】１
【魔力】＊＊＊
【能力】回復魔法初級ヒール　契約者　＊＊＊
【スキル】＊＊＊
【加護】＊＊＊

おお!!　完全に伝言が消えているよ！

こう、何だろう、余計なものが消えて、さっぱりした感じ。これなら冒険者登録できるかな？

僕はローレンスさんの方を見ます。

そうしたらローレンスさんがニコッと笑って、「これなら大丈夫だね」だって。

やったぁ!!　よかったぁ。

もしステータスボードが今までみたいに伝言板に戻っても、冒険者カードの表示は変わらないって言ってたから、今のうちに登録すれば大丈夫だね。

「よし、じゃあ登録に行くか」

僕もルリもニコニコしながら、馬車で冒険者ギルドまで行きます。

冒険者ギルドに着いて、ギルドマスター室――この前みんながお話ししていた部屋に行って、それでスレイブさんが色々と用意してるのを見て、僕は思い出したの。

……そう、指に針を刺さないといけないんだ！

しかもスノーラ、かなりしっかり刺していたよ？

痛そうだな、怖いな。

ダイルさんがステータスボードを確認するのを見ながら、僕はスノーラにギュッとくっ付きます。

「どうした、レン？」

「しょれ、しゃしゅ」

僕は針を指差しました。

「しゅにょー、ぐしゃっ」

すると僕達の会話に気づいたのか、ダイルさんが振り向きました。

「ああ、針が怖いのかボウズ。でもな、スノーラほど刺さなくていいんだぞ。本来なら、血はあんなにいらないんだ。少しでも水晶に付けばいいからな。この前のスノーラはやりすぎだったんだよ。アレは俺も驚いたな、ガハハハハッ!!」

え、そうなの？　じゃあちょっとチクッてするだけでいいんだね？　何だぁ、ダイルさん、そういうことは最初に言ってよ。そうしたらスノーラだってあんなに刺さなかったのに。

僕がホッとしていたら、その間にダイルさんとスレイブさんがステータスを確認しています。

問題ないって、すぐにそのまま登録です。

でもやっぱり針を刺す瞬間は、目をギュッと瞑った僕。

チクッとしてすぐ、ローレンスさんが僕の指を水晶に付けて、それからスノーラがヒールで治してくれました。

スノーラの時みたいに水晶に変化が起きて、そしてカードを取り出せば、僕の冒険者カードの出来上がりです。

うん、僕のは一番下の青だね。

変な表示になってないか確認するために台にカードを差し込んで。問題がなかったから、カードに可愛いビーズのチェーンを通して、スレイブさんが僕の首に下げてくれました。

このカードは、カバンに入れて持ち歩く人とか、取り出しやすいように服のどこかにしまう人とか、それから首から下げる人とか。持ち方は人それぞれ。

僕は首から下げる方がなくさないだろうからって、用意してくれてたみたい。

ちなみに、スノーラのカードに通してある皮の紐はタダで、他のチェーンは買わないといけないんだけど……僕のビーズのチェーンは、スレイブさんが特別にプレゼントしてくれたの。

ありがとう、スレイブさん!!

ふふふ、これで僕も冒険者！　ルリと一緒に『やったぁ!!』のシャキーンッ!!　のポーズをします。スノーラやみんながニッコリ笑っていました。

E

よし、これから冒険に探検に、頑張るぞ!!

◇◇◇

レン達を連れて冒険者ギルドから帰ってくると、私、ローレンスはスチュアート達を呼び、スノーラとこれからのことについて話し合った。

「それでは我は、できる限り森周辺の情報を集めてくる。街の方は基本はお前達に任せるが、お前達が入れないような場所は、我が調べよう。我は気配を消せるからな」

「頼む。一連の事件の犯人が我々人間なのか、それとも獣人なのかは分からないが……スノーラ達には迷惑をかける」

「レン達は街を気に入っているようだから、このままここに住んでもいいと思っているが、これではな」

「気に入ってくれている、か」

「さて、我はもう一度森を見てくるとしよう」

スノーラはそう言って、窓から出て行った。窓から……

スノーラに普通の人間の常識を求めるのは間違いだろうな。

まぁ、レン達には、ゆっくりと彼らのペースに合わせて教えていこう。レン達はまだ小さいから、どこまで理解できるか分からないし。

いや、もしもスノーラが今後も一緒に住んでくれるなら、少しは学んでほしいな。

確かに人間の中でも、特殊な訓練を受けた者は、あんな風に窓を出入りしたり、もっと非常識な移動方法を持っていたりもする。だがそれは、他の者に見つからないように、そしてそういう仕事をする必要があるからだ。

だがスノーラは？　昼間の明るい中、堂々と窓から出て一瞬で屋根に上がる。外壁から離れているとはいえ、何かの拍子にその姿が見られたら？

間違いなく、大騒ぎになるだろう。

そういえば街に来るまでに、スノーラから少しだけ、建国王マサキ様と、その仲間の方々との話を聞いたが……どうにも規格外の方ばかりだったようだ。

スノーラは普通のように話していたが、私達の常識とはだいぶ違う感性を持っている気がする。

普通を教えなければ、普通を。

まぁ、今はとりあえず、魔法陣やスノーラ達が感じている、おかしな気配について調べなければな。

まさかルリの身に起こったことが、別の森、ペガサス達の住んでいる森でも起こっているとは。

「スチュアート、どう思う」

「そうですね。魔法陣はスノーラ様の言う通り、魔獣が使うことはありません。魔法は魔獣も使いますが、魔法陣を使うのは人間、獣人、エルフなどです。しかし魔獣を苦しめるような魔法陣をエルフが使うとは思えません」

エルフは自然の中で生きているからな。自然を守り、そしてそこに生きている魔獣を守る。もちろん魔獣を狩り生活しているが、必要以上には狩らず、自然と一体になって暮らしている。遥《はる》か昔から、彼らはそういう生活を送ってきたのだ。

そんな彼らが魔獣達を苦しめるものを使うわけがない。

「やはり人間か獣人か。しかもスノーラ達が見たことがない魔法陣だったと」

長く生きている彼らが知らないとなると、新たに誰かが作った魔法陣か。

もしかすると、彼らが長い間人と関わりを持っていなかったことで、たまたま知らなかっただけかもしれないか……魔法陣が残っていれば少しは何か分かっただろうに。

俺がため息をついていると、スチュアートが言葉を続ける。

「それ以外にもおかしなことがありますからね。ペガサスの森に、スノーラ様が守っている森。そんな森にどうやって気づかれずに魔法陣を仕掛けられたのか」

「それも問題だ。彼らに気づかれないように、気配を消すことができる者など」

「こういったことに関与しているのは、闇ギルドか、それともどこかのバカ貴族か。またはどちらも関係しているか……新たな脅威が現れたかという感じでしょうか」

「何でもいい。何か証拠になるものを見つけなければ」

ただ、あまり大人数で調査をすることはできない。

そのせいでこの事件を起こしている奴らが警戒して、証拠を捨てたり、姿を消したりするかもしれないからだ。そうなってしまえばお手上げだ。

確実に捕まえなければ。これからのレン達の生活に、影響を与えたくはない。少数の部隊に分け、なるべく朝も昼も夜も、時間帯に応じて調査するようにしよう。

「メンバーはお前に任せる」

「了解しました」

スチュアートが出て行くと、私はケビンと共に部屋を出た。

商業ギルドに向かうためだ。

ギルドには、色々な情報が集まってくる。どうでもいいような情報もあるが、その中には時々、街の安全に関わるようなものもあるのだ。

そしてその情報は、必ずギルドマスターが確認をしている……まぁ、ダイルの場合はほとんどスレイブがやっているのだが。

ともかく、少しでもおかしな情報があれば教えるように、商業ギルドのマスターとも、今の事態について共有しておきたいのだ。

ちなみにダイルには、さっきレンのカードを作りに行った時に、簡単に伝えてある。あとで詳しく話をしに行かないとな。

会談を下りていると、エイデンがいた。

「父さん、これから?」

「ああ、ギルドに行ってくる。レン達のことを頼むな」

「もちろん！　今はレオナルドと冒険者ごっこして遊んでるよ。冒険者カード、よっぽど嬉しかったんだろうね。何回かあのポーズしてたよ」

「あの、『やったぁ‼』のポーズか。何かあったらセバスチャンに」

「分かった。しっかり見てるね」

エイデンはひらひら手を振りながら、レン達が遊んでいるレイモンドの部屋へ。

私達もそのまま屋敷を出た。

さぁ、これから忙しくなるぞ。

神様、俺の天職が
牧場主って本当ですか？
スローライフ確定じゃん。

俺はとある王国の第三王子、アルス。前世は草臥れたサラリーマンで、過労死した後に異世界転生を果たした。この世界では神様が人々に天職を授けると言われており、王族ともなれば【軍神】【剣聖】とエリートな天職を得るのが常だ。しかし、俺が授かったのは、なんと【牧場主】。父親に失望された俺は、辺境に追放されるのだった。一見お先真っ暗のようだが、のんびり暮らしたかった俺にとってはむしろ好機。新しく使えるようになった牧場魔法は意外に便利だし、ワケありクセありな奴ばかりだけど、領民（労働力）も増えていくし……あれ？　もしかして念願のスローライフ、始まっちゃった？

●定価：1320円（10％税込）●ISBN：978-4-434-31746-0 ●Illustration：ごろー＊

この作品に対する皆様のご意見・ご感想をお待ちしております。

おハガキ・お手紙は以下の宛先にお送りください。

【宛先】

〒150-6008 東京都渋谷区恵比寿 4-20-3 恵比寿ｶﾞｰﾃﾞﾝﾌﾟﾚｲｽﾀﾜｰ 8F
（株）アルファポリス　書籍感想係

メールフォームでのご意見・ご感想は右のＱＲコードから、
あるいは以下のワードで検索をかけてください。

アルファポリス　書籍の感想　検索

ご感想はこちらから

本書は Web サイト「アルファポリス」（https://www.alphapolis.co.jp/）に投稿されたものを、改題、改稿、加筆のうえ、書籍化したものです。

可愛《かわい》いけど最強《さいきょう》？　異世界《いせかい》でもふもふ友達《ともだち》と大冒険《だいぼうけん》！

ありぽん

2023年 3月 31日初版発行

編集－村上達哉・芦田尚
編集長－太田鉄平
発行者－梶本雄介
発行所－株式会社アルファポリス
〒150-6008 東京都渋谷区恵比寿4-20-3 恵比寿ｶﾞｰﾃﾞﾝﾌﾟﾚｲｽﾀﾜｰ8F
TEL 03-6277-1601（営業）　03-6277-1602（編集）
URL https://www.alphapolis.co.jp/
発売元－株式会社星雲社（共同出版社・流通責任出版社）
〒112-0005 東京都文京区水道1-3-30
TEL 03-3868-3275
装丁・本文イラスト－中林ずん（https://potofu.me/zunbayashi）
装丁デザイン－AFTERGLOW
印刷－図書印刷株式会社

価格はカバーに表示されてあります。

落丁乱丁の場合はアルファポリスまでご連絡ください。

送料は小社負担でお取り替えします。


ISBN978-4-434-31644-9 C0093